소중한 ______________________ 에게

______________________ 가(이) 선물합니다.

____

바보 이반

톨스토이 글

1828년, 러시아 야스나야 폴랴나의 부유하고 유서 깊은 명문 귀족의 넷째 아들로 태어났으나 일찍이 부모를 여의고 숙모 밑에서 자랐습니다. 카잔 대학을 도중에 그만두고 개혁적인 농장을 운영했으나 실패하고, 24세 때 「유년 시대」를 발표하면서 문단에 나왔습니다. 군 복무 중에 「소년 시대」, 「세바스토폴리 이야기」를 집필하여 청년 작가로서 인정을 받았으며, 「전쟁과 평화」 「안나 카레니나」 등 수많은 명작과 「사람은 무엇으로 사는가」 같은 민화를 남겼습니다. 톨스토이의 마지막 장편 소설이자 인류 문학사에 영원한 기념비인 「부활」을 발표했을 때는 그리스 정교를 비판했다는 이유로 파문당하기도 했는데, 1910년 순례 여행을 하던 중 폐렴으로 세상을 떠났습니다.

심후섭 엮음

대구매일신문 신춘문예와 「월간 문학」 신인문학상에 동화가 각각 당선되어 작품 활동을 시작하여, 새벗문학상 · 제1회 MBC창작동화대상 · 한국아동문학상 · 대구문학상 등을 수상했습니다. 지은 책으로는 동화집 「할머니 산소를 찾아간 의로운 소 누렁이」 「소야, 웃어 봐」 「싸리울의 분홍 메꽃」 등 30여 권이 있습니다.

2023년 2월 25일 2판 7쇄 **펴냄**
2014년 1월 10일 2판 1쇄 **펴냄**
2004년 8월 10일 1판 1쇄 **펴냄**

펴낸곳 (주)효리원
펴낸이 윤종근
지은이 톨스토이 · **엮은이** 심후섭 · **그린이** 주승인
등록 1990년 12월 20일 · **번호** 2-1108
우편 번호 03147
주소 서울시 종로구 삼일대로 457, 406호
전화 02)3675-5222 · **팩스** 02)765-5222

ISBN 978-89-281-0361-4 64890

이메일 hyoreewon@hyoreewon.com
홈페이지 www.hyoreewon.com

바보 이반

톨스토이 지음
심후섭 엮음 / 주승인 그림

효리원
hyoreewon.com

내가 초등학교 3학년 때의 일입니다. 그때 나는 어린이 신문에서 '바보 이왕' 이라는 이야기를 매우 감명 깊게 읽었습니다. 그 이야기는 매일 조금씩 신문에 실렸는데, 나는 다음 이야기가 궁금해서 신문이 오기만을 기다린 적이 여러 번 있었습니다. 그 '바보 이왕' 이야기가 지금 생각해 보니 바로 '바보 이반' 이야기였습니다.

그 뒤, 나는 어른이 되어 러시아에 여행을 가서 톨스토이가 태어나고 자란 고향 마을을 구경하게 되었습니다. 나무로 지은 집이 매우 친근하게 느껴졌습니다. 톨스토이가 글을 쓰던 방도 구경하였습니다. 금방이라도 그가 흰 수염을 날리며 인자한 모습으로 걸어 나올 것만 같았습니다.

톨스토이는 집에서 일하던 하인들을 모두 자유롭게 해 주고 땅도 나누어 주었습니다. 그는 모든 사람이 다 함께 행복하게 살아가야 하며, 그러려면 욕심을 부려서는 안 된다고 생각했습니다. 그래서 부모로부터 물려받은 많은 재산을 모두 이웃들에게 나누어 주었습니다. 그리고 이러한 자기의 생각을 소설과 동화에 담았습니다.

톨스토이는 어른들을 위한 소설도 많이 썼지만, 어린이를 위한 동화도 매우 많이 썼습니다. 그의 소설과 동화를 읽어 보면 한결같이 양심을 지키며 착하게 살아야 한다는 것을 가르쳐 주고 있습니다.

톨스토이는 그 가르침을 직접 실천에 옮겼기 때문에 더욱 존경을 받고 있습니다. 누구든지 톨스토이 동화를 읽고 있는 순간은 참으로 행복해지고 자신이 귀한 사람이는 것을 느끼게 될 것입니다.

그래서 톨스토이 작품은 우리가 늘 가까이 두고 오래오래 읽어야 한다고 생각합니다.

감사합니다.

엮은이 심후섭

| 차례 |

바보 이반

★

"우리 나라에서는 일만 하면 무엇이나 얻을 수 있습니다. 마음껏 가져다 쓰십시오. 우리 나라에는 단 하나의 법만 있을 뿐입니다. 그것은 손에 굳은살이 박이지 않은 사람은 식탁에 앉지 못하고 남이 먹다 남긴 찌꺼기만 먹어야 한다는 것입니다. 그것밖에는 아무것도 없습니다. 세금도 없습니다."

-「바보 이반」 중에서-

★

욕심이 많으면

옛날 어느 곳에 한 농부가 살았다.

'사람은 부지런해야 잘살 수 있어. 이건 동서고금의 진리야.'

농부는 열심히 일하였다. 그리하여 넓은 땅을 가지게 되었다. 이 농부는 아들 셋과 딸 하나가 있었다. 맏이는 군인이었고, 둘째는 읍내 가게의 점원이었다. 셋째인 이반과 넷째인 딸 마리나는 집에서 아버지를 도와 농사일을 했다. 이반은 바보라고 불릴 정도로 욕심이 없었고, 마리나는 말을 못 했다.

맏아들 세미온은 전쟁터에 나가 공을 크게 세웠다. 덕분에 계급이 높아졌고, 나라로부터 돈도 많이 받았다. 그러나 늘 돈이 부족하다며 쩔쩔맸다. 부인의 씀씀이가 헤프기 때문이었다. 돈이 궁해진 세미온은 아버지를 찾아와 말했다.

"아버지는 큰 부자가 아니십니까? 그런데도 저에게 아무것도 물려주지 않으셨습니다. 그러니 저에게 재산의 3분의 1만 나누어 주십시오."

이 말을 들은 늙은 아버지는 속이 몹시 상했다.

"아니, 그게 무슨 소리냐? 너는 임금님으로부터 봉급을 아주 많이 받지 않느냐? 그런데도 재산을 나누어 달라니……. 집에서 뼈 빠지게 일만 하는 이반과 마리나가 들으면 크게 섭섭해할 것이다."

그러자 세미온은 도리어 큰 소리로 말했다.

"이반이야 바보가 아닙니까? 그리고 마리나는 벙어리라 시집도 못 갈 텐데 무슨 돈이 필요하단 말입니까?"

아버지는 어이가 없었지만 꾹 참고 말했다.

"그렇다면 어디 이반에게 한번 물어보자. 이반이 열심히 일해서 우리 땅이 더 많이 넓어졌으니까……."

아버지가 이반에게 물었다.

"얘, 이반아! 네 형이 재산을 나누어 달라는데 네 생각은 어떠냐?"

"네에, 형님이 필요하다면 주십시오. 형님은 우리 집에서 제일 만이가 아닙니까?"

이반은 아주 쉽게 대답했다. 그러자 아버지도 하는 수 없이 큰아들에게 재산을 나누어 주었다.

둘째 아들 탈라스는 상인의 딸과 결혼을 했다. 큰 가게도 물려받아 부자가 되었다. 그런데도 아버지의 재산을 탐냈다. 더구나 형이 아버지의 재산을 가져갔다고 하자 참을 수 없었다.

"아버지, 저에게도 재산의 3분의 1을 나누어 주십시오. 저도 아들이 아닙니까?"

"아니, 너는 장사를 하여 돈을 많이 벌지 않느냐? 그런데도 네 동생들이 애써서 모은 재산을 나누어 달라고 한단 말이냐? 이반과 마리나의 가슴을 아프게 하지 마라."

그러자 탈라스가 대들 듯이 말했다.

"바보와 벙어리에게 무슨 돈이 필요하단 말입니까?"

"뭐라고?"

아버지는 가슴을 탕탕 내리쳤다. 그때 마침 이반이 밭에서 일을 마치고 집으로 돌아왔다.

"어서 오십시오, 형님."

이반은 반갑게 인사를 했다. 그러나 탈라스는 퉁명스럽게 말했다.

"그래, 너 잘 왔다. 내가 곡식이 필요하니 올해 추수한 곡식을 반만 나누어 다오. 그 곡식을 싣고 갈 말도 좀 주고……."

이반은 이번에도 금방 대답했다.

"형이 필요하다면 그렇게 하십시오. 저 회색 말을 드리겠습니다. 우리 집에서 가장 힘이 세니까요."

이렇게 하여 둘째 아들도 재산을 많이 가져가 버렸다. 그래도 이반은 아무렇지도 않다는 듯이 하루 종일 밭을 갈았다. 이반이 부리는 말은 힘이 부족한 늙은 말이었다. 밭이 제대로 갈릴 리 없었다.

"괜찮아, 형님들만 잘살면 돼!"

이반은 노래를 불렀다.

해가 뜨면 밭에 나가 일을 하고
해가 지면 돌아와 단잠을 자네
아, 나는 이 세상에서 가장 행복한 사람
아, 나는 이 세상에서 가장 즐거운 사람

이때, 심술궂기로 이름난 늙은 악마가 이반의 집을 멀리서 지켜보았다. 그는 악마들의 대장이었다.

'음, 재산을 서로 많이 가지려고 형제들끼리 치고받으며 싸울 줄 알았는데 아무 말 없이 재산을 나누어 가지는군! 으이그, 속상해. 우리는 마구 치고받으며 싸우는 것을 보아야 즐거운데……!'

악마 대장은 은근히 화가 났다. 악마 대장은 젊은 악마들을 불렀다.

"여봐라, 우리는 사람들이 서로 싸우는 것을 좋아한다. 그런데 저 집은 이반 때문에 형제들이 서로 싸우지 않는다. 그 바람에 우리의 좋은 구경거리가 날아가고 말았다. 어떠냐? 너희들이 가서 저 형제들이 서로 싸우게 하여라. 그러면 내가 크게 상을 내리겠다."

"야, 신 난다! 염려 마십시오. 사람들이 서로 싸우도록 하는 것이 바로 우리가 할 일 아닙니까?"

젊은 악마들이 즐거운 표정을 지으며 서로 앞으로 나섰다.

"어떻게 하려느냐?"

악마 대장이 물었다.

"네, 우선 저놈들을 차례로 거지가 되게 하겠습니다. 그래야 서로 더 많이 빼앗으려고 난리를 부리지 않겠습니까?"

"그래, 그럴듯하구나. 어서 가거라. 가서 삼 형제가 서로 싸우도록 만들어라."

"염려 마십시오. 좋은 구경거리를 만들어 드리겠습니다."

젊은 악마 셋은 우선 늪으로 갔다. 어둡고 축축해서 아무도 오지 않는 곳이었다.

"자, 여기서 의논을 좀 하자. 어떻게 하는 것이 좋을까?"

"먼저 큰아들 세미온을 빈털터리로 만들어야 해. 그렇게 하면 다시 집으로 와서 돈을 내놓으라고 할 거야. 그럼 크게 싸움이 나지 않겠어?"

"그게 좋겠다. 세미온이 하는 일이라면 무엇이든 훼방을 놓아서 거지로 만들어야지. 아주 재미있겠는걸. 좋아, 이건 내가 하겠어."

첫째 악마의 말에 둘째 악마가 나섰다.

"아니야, 내가 그놈을 맡겠어. 세미온이 계속 물건에 욕심을 내게 할 자신이 있어."

셋째 악마도 나섰다. 젊은 악마들은 서로 쉬운 일을 하려고 싸움을 벌였다. 서로 치고받아서 피가 날 정도였다.

"이래서는 안 되겠다. 순서대로 맡자. 내가 첫째니까 첫째 아들 세미온을 맡고, 둘째는 둘째 아들 탈라스를 맡아. 그리고 막내는 셋째인 이반을 맡고……. 석 달 뒤에 다시 여기에 모여서 그동안 어떻게 되었는지 말하고 다시 계획을 세우도록 하자."

"그래, 좋다!"

젊은 악마들은 각각 자기가 맡은 형제들을 찾아 달려갔다.

"히히히! 즐거운 게임이 시작된다. 꼭 내가 이길 거야!"

악마가 노린다

석 달 뒤, 젊은 악마 셋이 다시 모였다. 먼저 첫째 악마가 말했다.

"나는 큰아들 세미온을 찾아갔어. 세미온에게 '이웃 나라로 쳐들어가 승리를 거두면 임금이 더욱 큰 상을 내릴 것이오.' 하고 꾀었지. 그랬더니 이 욕심 많은 세미온은 금방 임금에게 달려가 '저에게 군사를 주십시오. 제가 인도를 쳐서 항복시키겠습니다. 인도에는 금과 은이 많다고 들었습니다. 하하하!' 하고 으스대었지 뭐야. 그러자 임금이 '좋다, 가서 인도를 항복시켜라. 대신 지면 네가 죽을 줄 알아라.' 하고 말했어. '걱정 마십시오. 곧 인도를 갖다 바치겠습니다.' 하고 큰 소리로

대답한 세미온은 으스대며 전쟁터로 나갈 준비를 했어. 그날 밤 나는 대포 화약에 몰래 물을 부어 모두 못 쓰게 만들어 버렸지. 큰소리를 꽝꽝 쳤지만 세미온은 전쟁에서 크게 지고 말

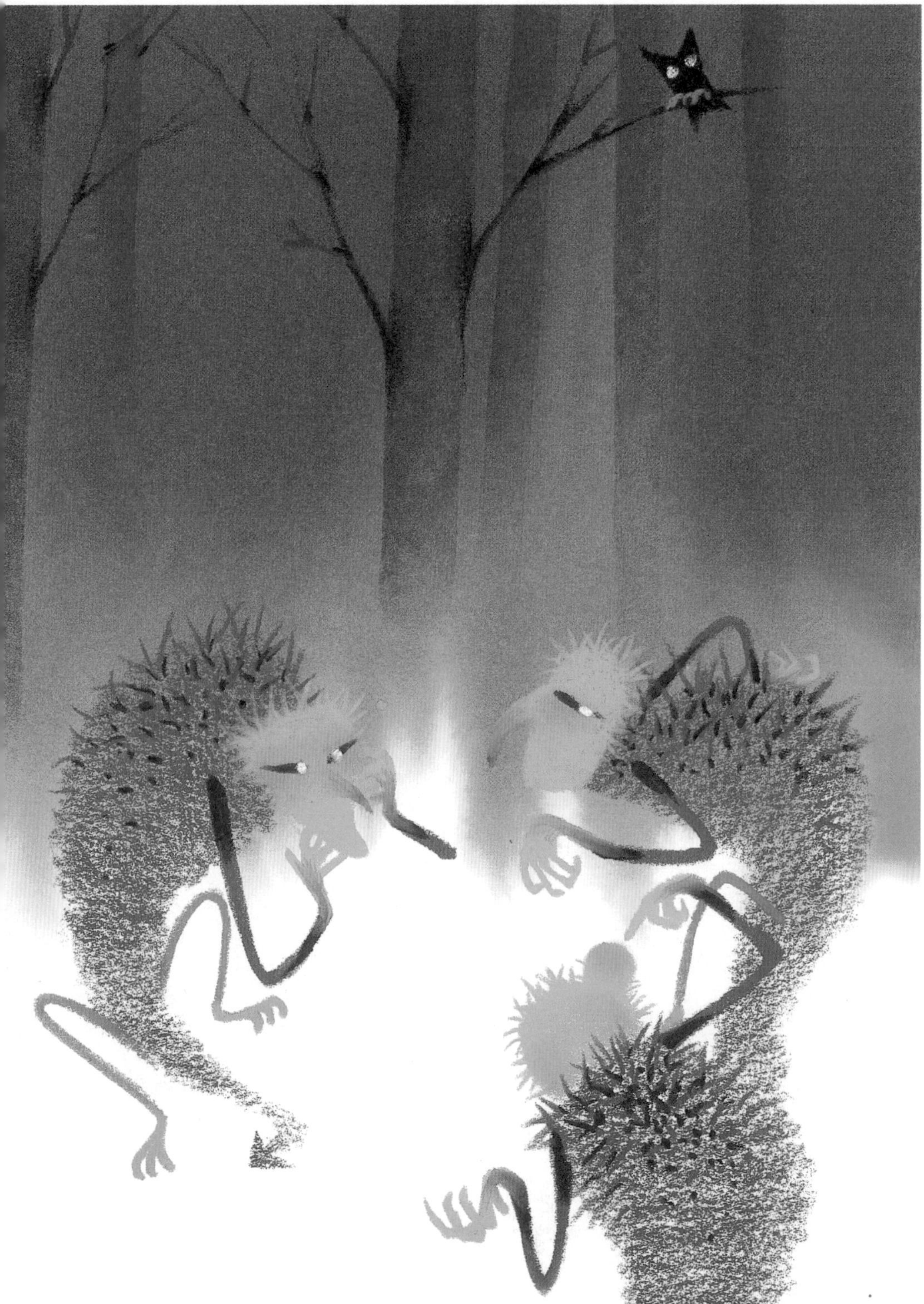

았어. '아니, 그렇게 큰소리를 쳐 놓고 많은 군사들을 다 잃어 버리고 말다니!' 화가 난 임금은 세미온을 감옥에 가두어 버렸어. 이제 내일 내가 감옥에 가서 몰래 문을 열어 주면 돼. 세미온은 하는 수 없이 아버지를 찾아 이곳으로 올 거야. 그럼 큰 싸움이 나는 거지. 하하하!"

첫째 악마는 자기가 공을 크게 세웠다는 듯이 웃어 댔다. 그러자 둘째 악마가 말했다.

"나도 둘째 아들 탈라스를 폭삭 망하게 만들었어. 나는 탈라스를 찾아가 '이 대포를 사 두면 나중에 큰돈이 될 거요, 저 방패도 사 두면 큰돈이 될 거요.' 하며 꾀었지. 그랬더니 이 욕심쟁이 탈라스는 무엇이든 다 사들이지 뭐야. 별로 쓸모없는 것들도 비싼 돈을 주고 마구 사들였어. 아마 탈라스도 내일이면 완전히 망해서 아버지 집으로 찾아올 거야. 그럼 한바탕 난리가 날걸."

그런데 셋째 악마는 걱정스러운 얼굴로 말했다.

"나는 이반을 망하게 할 수 없었어. 이반은 일밖에 모르는 놈이야. 잠시도 쉬지 않고 부지런히 일만 하는 거야. 그래서 일을 못 하게 하려고 음식에 나쁜 병균을 넣었지. 그런데도 이반은 '일을 하면 아픈 것도 잊어버리게 될 거야.' 하며 배를 움켜잡고 밭으로 나가지 뭐야. 그래서 이번에는 괭이자루를 부러뜨렸지. 그랬더니 '괭이 대신 삽으로 땅을 파 일구어야지.' 하며 삽을 찾아 드는 거야. 내가 얼른 보이지 않게 변장하고 삽에 매달렸지. 그러자 '오늘따라 이 삽이 왜 이리 무거운 거야?' 하면서도 기어이 삽을 들어 올려 다시 땅을 파기 시작하더라고. 그 바람에 하마터면 내 머리만 깨질 뻔했다니까. 자, 이 혹 좀 봐."

셋째 악마는 제 머리에 난 혹을 보여 주며 울상을 지었다.

"그래, 정말 대단한 놈이로구나. 그렇다면 우리 모두 힘을 합쳐 그 바보 놈부터 혼내 주도록 하자. 그놈이 이번에도 두 형을 도와주면 우리는 허탕을 치게 된다."

"그렇구나. 어떻게 하면 좋을까?"

"이반이 일을 할 때마다 방해를 해야 해."

"그래, 그게 좋겠다. 막내부터 먼저 가 봐."

셋째 악마는 다시 이반이 일하는 곳으로 달려갔다. 이반이 하는 일은 매우 힘들었다. 단단한 땅을 일구어 부드럽게 만들어야 했기 때문이었다.

'어서 이 땅을 파헤쳐 부드러운 밭을 만들어야지. 그래야 곡식이 잘 자라니까.'

그런데 이반의 몸속에는 아직도 셋째 악마가 집어넣은 병균이 남아 있었다. 이반은 얼굴을 찡그리며 중얼거렸다.

"어, 요즘 왜 배가 자주 아플까? 이럴수록 더 열심히 일을 해야지. 그럼 괜찮아질 거야."

이반은 배가 아팠지만 잠시도 쉬지 않았다. 밭을 일구려고 삽으로 땅을 푹푹 파헤쳤다. 셋째 악마는 '이때다!' 하고 나무뿌리로 변해 있다가 삽자루에 꽉 매달렸다. 삽은 꼼짝도 하지 않았다.

'그것참, 이상하네! 땅속에 나무뿌리가 있나?'

이반은 그 자리에 퍼질러 앉아 손으로 흙을 파헤쳤다. 그 바람에 삽자루에 매달려 용을 쓰던 셋째 악마가 붙잡혔다. 사람의 손이 닿자 악마는 그만 그 모습이 드러나고 말았다.

'아니, 이게 뭐야? 따끈따끈한 것을 보니 살아 있는 것 같은데……."

이반은 땅속에서 끌려 나온 것을 자세히 살펴보았다. 그것은 나무뿌리로 변한 악마였다.

"아니, 이 못된 놈이!"

이반이 삽에서 떼어 내려고 꽉 움켜잡자 악마의 모습이 점점 드러났다. 등에는 날카로운 털이 잔뜩 나 있고 눈은 빨갛게 부어올랐다.

“옳아! 이놈이 그동안 내 일을 방해했구나. 이런 나쁜 놈은 두 동강을 내어야 해!”

이반이 큰 소리로 외쳤다.

‘이크, 큰일 났다!’

셋째 악마는 싹싹 빌었다.

“이반 님! 용서해 주십시오! 무슨 일이든지 다 하겠습니다.”

“그게 정말이냐? 좋다, 그러면 나의 아픈 배를 고칠 수 있겠느냐?”

이반이 배를 가리키며 물었다.

병을 고치는 나무뿌리

"물론입니다. 당장 고칠 수 있습니다."

"그럼, 빨리 고쳐라. 배가 아파 일을 제대로 할 수가 없다."

악마는 밭둑에 있는 황금빛 나무를 가리켰다.

"저 나무의 뿌리를 씹어 보세요. 그럼 금방 나을 것입니다."

이반은 황금빛 나무의 뿌리를 캐어 깨끗하게 씻었다. 그러고는 뿌리를 지근지근 씹었다. 그랬더니 검은 병균들이 배 밖으로 툭툭 튀어나왔다.

"아니, 이놈들이 배 속에 들어 있었구나."

이반의 얼굴이 활짝 펴졌다. 셋째 악마가 말했다.

"이반 님, 이제는 저를 놓아주세요. 그럼 땅속 깊이 들어가 다시는 나오지 않겠습니다.”

“좋다. 네가 약속을 지킨다면 가도 좋다. 어디에 가더라도 나쁜 짓은 하지 마라. 그렇지 않으면 하느님의 벌을 받게 될 것이다.”

‘하느님’이라는 말을 듣자 악마는 더욱 질겁하며 땅속 깊이 쏙 들어가 버렸다. 악마가 사라진 자리에는 작은 구멍이 빠끔나 있었다.

이반은 씹고 있던 나무뿌리를 모자 안에 집어넣고 다시 일을 시작하였다. 날이 저물자 이반은 괭이를 메고 집으로 돌아왔다. 배가 아프지 않으니 저절로 노래가 나왔다.

아, 비단처럼 아름다운 저녁놀
오늘도 내 등 뒤에서 빛나네
나는 이 세상에서 제일 행복한 사람
나는 이 세상에서 제일 즐거운 사람

집에 와 보니 군인이었던 큰형이 와 있었다.

“이반, 나는 감옥에서 방금 도망쳐 나왔다. 앞으로는 여기에서 나와 네 형수가 먹고 자야겠다.”

형의 말을 들은 이반이 반갑게 말했다.

“형님 좋으실 대로 하십시오. 여기는 어릴 때 우리 형제들이 함께 살던 집이 아닙니까?”

이반이 식탁에 앉자 형수가 큰형에게 말하였다.

“냄새가 지독해서 도저히 밥을 먹을 수가 없어요. 저런 구린

내를 풍기는 농사꾼과는 같은 식탁에 앉을 수 없다고요."

아내에게 쩔쩔매는 큰형이 이반에게 말했다.

"이반, 네 형수가 너에게서 나는 냄새가 싫은 모양이다. 그러니 저기 문 쪽으로 가서 먹어라."

그 소리를 듣고도 이반은 아무렇지도 않다는 듯이 웃으며 대답했다.

"네, 그렇게 하지요. 어차피 조금 있다가 소들에게 먹이를 주러 나가야 하니까요."

이반은 연신 싱글거리며 빵을 들고 물러났다. 이튿날이 되었다.

'아니, 막내 악마는 어디로 간 거야? 이반이란 놈이 저렇게 멀쩡하게 돌아다니고 있는데!'

첫째 악마는 이를 부드득 갈면서 밭으로 갔다. 아무리 살펴보아도 막내 악마가 보이지 않았다.

"이상해. 아무래도 막내에게 무슨 일이 생긴 게 분명해. 이반이 이미 밭을 다 갈았으니 이번에는 풀밭으로 갈 거야. 거기로 가서 괴롭혀야지. 막내는 나중에 찾기로 하고……."

첫째 악마는 구시렁거리며 풀밭으로 달려갔다.

'풀이 모두 물에 잠기면 벨 수 없을 거야.'

첫째 악마는 한밤중에 저수지 둑을 무너뜨렸다. 풀밭이 물에 푹 잠겼다.

이반은 그것도 모르고 새벽 일찍 낫을 메고 풀밭으로 나갔다. 물에 잠긴 풀을 베기란 쉬운 일이 아니었다. 아무리 낫을 휘둘러도 물에 잠긴 풀은 빨리 벨 수가 없었다. 젖은 풀이 낫에 감기어 여간 힘든 게 아니었다. 힘을 많이 주자 그만 낫자루가 부러지고 말았다.

"안 되겠다. 집에 가서 낫을 여러 자루 가지고 와야지. 큰 빵도 가지고 와야겠어. 1주일이 걸리든지 2주일이 걸리든지 기어이 다 베고야 말 테다. 그래야 겨울에 가축들을 굶기지 않지."

나무 뒤에 숨어서 이 말을 들은 첫째 악마는 깜짝 놀랐다.

'아이고, 정말 지독한 녀석일세. 도무지 이빨이 들어가지를 않는군. 다른 수를 써야지, 이러다간 우리가 지고 말겠어.'

이반은 다른 낫을 들고 와서 다시 풀을 베기 시작했다.

첫째 악마는 풀덤불 속에 숨어서 낫자루에 매달려 훼방을 놓았다.

'왜 이렇게 힘이 드는 거야. 그렇지만 쉬지는 않겠어.'

이반은 너무나 힘이 들어 허리가 아파 왔지만 잠시도 쉬지 않고 열심히 풀을 베었다. 이제 풀은 얼마 남지 않았다.

“이 풀을 다 베면 호밀을 베어야겠다.”

‘뭐, 호밀도 벤다고? 안 돼. 우선 이 풀베기를 더 방해해야겠어.’

악마는 낫이 잘 움직이지 못하게 질긴 포도 덩굴을 가져다 놓기도 했다. 그래도 이반은 손바닥에 침을 뱉어 가며 낫을 크게 휘둘러 댔다. 이반이 힘껏 후려치는 바람에 낫 끝이 그만 악마의 머리 위를 스쳤다.

‘이크!’

악마는 깜짝 놀라 몸을 웅크렸다. 그 바람에 그만 꼬리가 치솟고 말았다. 악마의 꼬리 끝이 싹둑 잘렸다.

“아얏! 이러다가는 내 목도 달아나겠다.”

‘아니, 방금 무슨 소리가 들렸는데……?’

이반이 이리저리 살폈다.

‘아이고, 이러다 내가 붙잡히겠구나.’

악마는 그만 ‘걸음아, 나 살려라!’ 하며 도망을 치고 말았다. 이반은 동생 마리나에게 풀을 거두게 하고는 호밀밭으로 갔다. 그러나 호밀밭에 먼저 온 첫째 악마가 호밀을 마구 짓밟아 놓았다.

‘아니, 어느 놈이 이렇게 어질러 놓았어? 어제까지만 해도

아무렇지도 않았는데……. 어서 베어야겠어. 큰형님 내외도 와 계시니 빵이 더 필요하단 말이야.'

이반은 쓰러진 호밀을 하나하나 일으켜 세워 베기 시작했다. 첫째 악마는 바람으로 변해 호밀을 자꾸 넘어뜨렸다.

'왜 이러지? 베려고 하면 쓰러지고, 또 베려고 하면 쓰러지고! 그래도 나를 당할 수는 없지.'

이반은 짜증도 내지 않고 열심히 호밀을 베었다.

'와, 정말 끈질긴 놈이로구나.'

첫째 악마는 화가 치밀어 올라 가슴을 탕탕 내리치며 어쩔 줄 몰라 했다. 마침내 이반은 호밀을 다 베었다.

"내일 아침에는 일찍 귀리를 베어야지."

이반이 중얼거렸다.

'뭐, 또 귀리까지 벤다고? 옳지, 이번에는 실수하지 말고 단단히 골탕을 먹여야지! 어떻게 하면 좋을까? 그래, 귀리밭에 질긴 그물을 덮어 놓자.'

악마는 귀리밭에 그물을 덮으려고 밤새도록 그물을 짰다. 잘 끊어지지 않도록 굵은 밧줄도 구해 왔다.

'어서 그물을 짜자. 이반이란 놈이 아침 일찍 귀리를 베러 나올 거야. 이반이 나오기 전에 그물을 다 짜서 덮어야 해. 영차, 영차!'

아무리 방해가 심해도

이윽고 이튿날이 되었다.

"아니, 이럴 수가!"

첫째 악마는 아침 일찍 귀리밭에 나가 보고 깜짝 놀랐다. 귀리가 하나도 없이 모두 말끔하게 베어져 있었던 것이다.

'아침부터 귀리를 벤다 해도 양이 워낙 많아서 시간이 꽤 오래 걸릴 텐데……. 햇볕이 쨍쨍 내리쬐는 대낮에 베면 귀리 이삭이 많이 떨어질 거야. 하지만 밤에 베면 괜찮을 거야.'

이렇게 생각한 이반이 동생 마리나와 함께 밤중에 귀리를 몽땅 베어 버린 것이었다.

'아이고, 부지런한 사람에게는 도무지 이길 수 없네. 다른 수

가 없을까?'

악마는 이리저리 생각하며 귀리 더미 둘레를 돌았다.

'아, 그렇다. 이 귀리 더미를 몽땅 썩게 만들어 먹을 수 없도록 해야지. 하하하, 아무리 부지런한 이반이라도 나의 심술은 당할 수 없을 거야!'

악마는 귀리 더미에 올라가 이삭을 데우기 시작했다. 뜨거운 열을 내기 위해 얼굴을 찡그리며 용을 썼다. 귀리 더미가 점점 데워졌다. 더미가 점점 데워지자 악마는 그만 졸음에 빠지고 말았다. 그동안 힘을 너무 많이 쓴 악마는 마침내 드르렁드르렁 코까지 골며 잠이 들었다.

부지런한 이반은 또 아침 일찍 들로 나와 귀릿단을 실어 나르기 시작했다. 그것도 모르고 악마는 귀리 더미 속에서 쿨쿨 자고 있었다. 이반은 쇠갈고리로 귀릿단을 찍어 마차에 실었다. 그 바람에 악마의 다리가 그만 갈고리에 찍히고 말았다.

"아야!"

악마는 화들짝 놀라 큰 소리를 내질렀다. 도망치려고 발버둥쳤지만 갈고리에서 빠져나올 수가 없었다.

"아니, 이놈이 또 나타났구나! 목숨을 살려 주면 다시는 나타나지 않겠다고 해 놓고 왜 또 나타난 것이냐? 이번에는 정말

로 네놈을 두 동강 내고 말겠다!"

이반이 으름장을 놓았다. 첫째 악마가 애원을 했다.

"아닙니다, 아닙니다. 저는 이반 님 앞에 처음 나타났습니다. 전에 나타난 것은 막내였습니다. 저는 이반 님의 큰형에게 붙었던 악마입니다."

"뭐라고? 쓸데없는 소리 하지 마라. 너를 없애 버리겠다."

이반이 이렇게 외치며 악마를 패대기치려 했다.

"이반 님, 다시는 나쁜 짓을 하지 않을 테니 한 번만 용서해 주세요, 네?"

"안 돼, 용서할 수 없어. 전에도 용서를 했는데 이번에 또 나타났잖아."

"이반 님, 제발 부탁입니다. 살려만 주시면 무슨 일이든지 다 하겠습니다."

"아니, 네가 도대체 무슨 일을 할 수 있다고 그러느냐?"

"네에, 저는 무슨 물건이든지 그것을 가지고 사람을 만들 수 있습니다."

"그렇다면 군사도 만들 수 있느냐?"

"물론입니다."

"좋다. 그럼 이 귀릿단으로 군사를 만들어 보아라!"

"네, 잘 보십시오. 먼저 이 귀릿단을 땅에 힘차게 세우면서 '네 주인의 명령이다. 너희들은 지금부터 군사이다. 귀리가 아니다. 군사가 되어라. 군사가 되어라.'라고 세 번 외쳐 보세요. 그러면 귀릿단이 모두 군사로 변할 것입니다."

"그래? 좋다, 어디 한번 해보자."

이반은 악마가 가르쳐 준 대로 외쳤다.

"네 주인의 명령이다. 너희들은 지금부터 군사다. 귀리가 아니다."

그러나 귀릿단은 그대로 있었다.

"왜 그대로 있느냐? 거짓말을 했구나."

"아닙니다. '네 주인의 명령이다. 너희들은 지금부터 군사다. 귀리가 아니다. 군사가 되어라. 군사가 되어라.'라고 세 번 이어서 외쳐야 합니다. 마지막 부분에 '군사가 되어라. 군사가 되어라.'를 넣어서 세 번 이어서 외쳐 보세요."

"알았다."

이반은 손으로 꼽아 가며 악마가 가르쳐 준 대로 세 번을 연거푸 외쳤다. 그러자 귀릿단에서 수많은 군사들이 툭툭 튀어나왔다. 그리고는 줄지어 서더니 경례를 올리는 것이었다.

"음, 정말 되는군. 좋다."

이반이 고개를 끄덕였다. 그러자 악마가 말했다.

"자, 이반 님, 이제는 저를 놓아주세요."

"좋다, 약속은 지켜야지. 그런데 낟알이 달려 있는 귀리 다발은 아까워서 안 되겠다. 이 군사들을 다시 귀리로 돌아가게 하는 법을 말해라. 곡식 낟알을 함부로 버리면 하느님께 벌을 받는다."

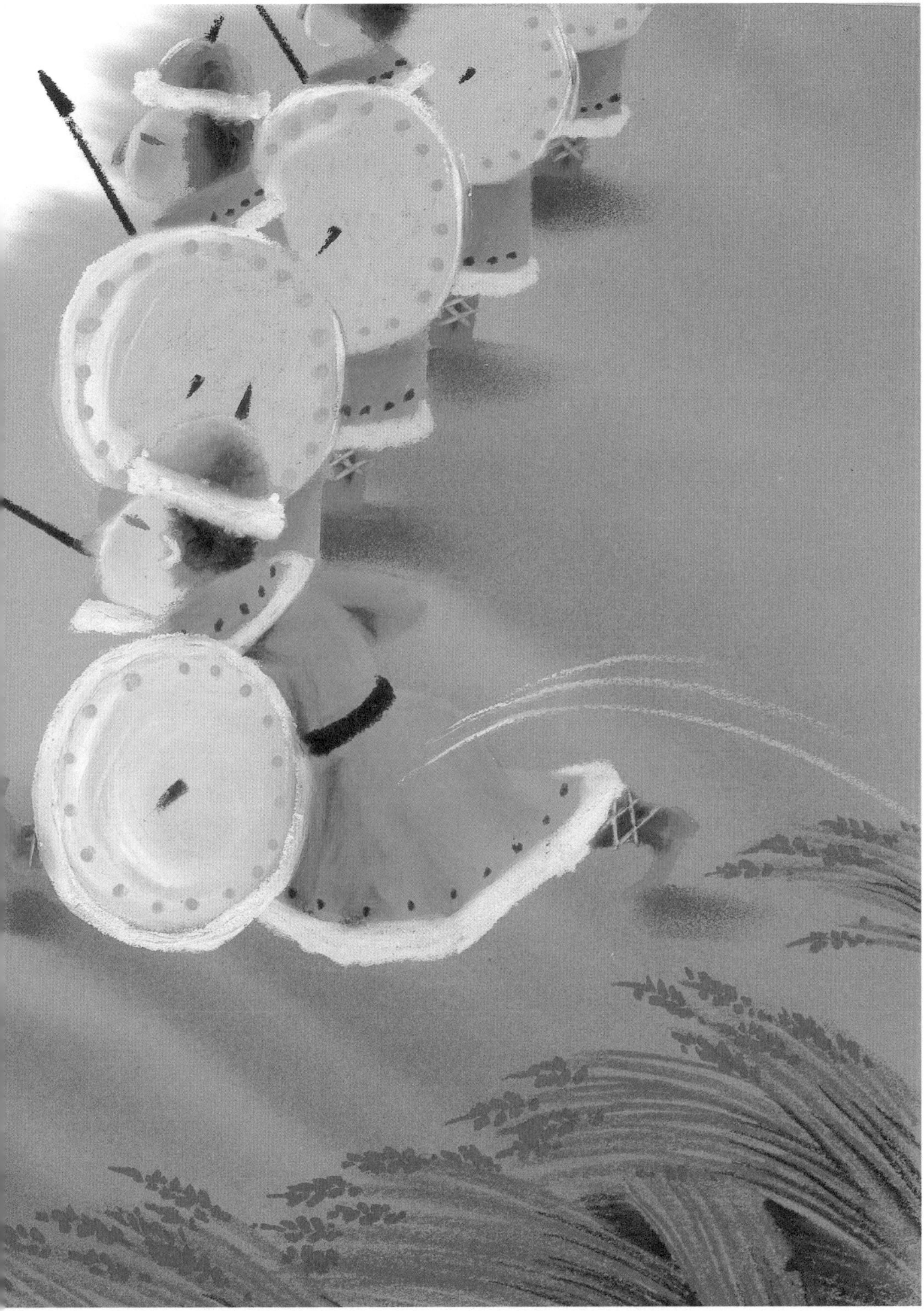

"네? 하느님이라고요?"

'하느님'이라는 말에 깜짝 놀란 첫째 악마가 얼른 대답했다.

" '군사는 처음으로 돌아가라! 하느님의 명을 받은 네 주인의 명령이다. 귀리로 돌아가라! 귀리로 돌아가라!' 이렇게 세 번 외치면 됩니다."

"좋다, 어디 한번 해 보자. 군사는 처음으로 돌아가라! 하느님의 명을 받은 네 주인의 명령이다. 귀리로 돌아가라! 귀리로 돌아가라!"

이반이 이렇게 세 번 외치자 군사들은 눈 깜짝할 사이에 본래대로 귀릿단이 되었다.

"음, 되는군! 다른 것도 마찬가지겠지?"

"어떤 것 말씀입니까?"

"이를테면 돌멩이나 나뭇잎도 말이다."

"네, 물론입니다. 모래알이나 나뭇잎도 그렇게 주문을 외면 원하는 것으로 바뀝니다. 그럴 때마다 마음을 모아 정말 그렇게 되기를 바라면서 주문을 외워야 합니다."

"으음, 좋다. 그럼 용서해 주마. 앞으로는 절대 나쁜 짓을 하지 마라."

"네에."

이반은 악마 다리에서 쇠갈고리를 뽑아 주었다.

"부디 하느님이 너를 지켜 주시기를……."

"네에. 아이고, 또 하느님!"

'하느님'이란 말에 첫째 악마는 다시 기겁을 하며 땅속으로 깊이 들어갔다. 악마가 사라진 자리에는 역시 조그마한 구멍이 빠끔하게 생겨났다.

이반은 날이 저물도록 귀릿단을 다 옮기고 집으로 돌아왔다. 이번에는 둘째 형 탈라스가 자기 아내를 데리고 와서 저녁밥을 먹고 있었다. 탈라스는 빚을 갚지 못하자 도망쳐 온 것이었다. 탈라스는 이반을 보자 이렇게 말했다.

"이반, 내가 다시 돈을 벌 때까지 우리 식구들을 좀 먹여 살려야겠다."

이반은 이번에도 역시 싱글벙글 웃으며 아무렇지도 않다는 듯이 대답했다.

"그러세요. 여기는 우리 형제들의 집이니까요."

이반은 검불이 묻은 겉옷을 벗어 던지고 시장한 듯 식탁 앞에 앉았다. 그러자 이번에는 둘째 형수가 쏘아붙였다.

"나는 냄새나는 사람하고는 함께 밥을 먹을 수 없어요. 아휴, 이 지독한 땀 냄새!"

탈라스의 아내가 얼굴을 찡그리며 손을 내저었다. 탈라스가 말했다.

"이반, 네 형수가 너한테서 이상한 냄새가 난다는구나. 저 문간방에 가서 먹을 수 없겠니?"

이반은 빵을 베어 물다 말고 일어나 웃는 얼굴로 말했다.

"그러세요. 저는 곧 마구간을 살피러 가야 하니까요."

이반은 마구간으로 가서 빵을 먹으며 중얼거렸다.

"형님 내외가 편하게 지내셔야 내 마음도 편하지. 암, 그렇고말고!"

이반은 탈라스 형과 형수가 웃는 얼굴이 되기를 바라며 빵을 뜯어 먹었다.

금돈은 어떻게 만드나

이튿날이 되었다.

'아니, 모두들 어디로 갔지?'

탈라스에게 붙었던 둘째 악마는 첫째 악마와 셋째 악마를 찾아보았다.

'이상하다. 밭에 구멍만 두 개 나 있고 형과 동생이 보이지 않네. 할 수 없지. 나 혼자서라도 이반을 골탕 먹일 수밖에! 그럼 상을 내가 독차지하겠지. 하하하!'

둘째 악마는 이반을 찾아갔다. 이반은 이미 호밀과 귀리 타작을 모두 끝내고 산에서 나무를 베고 있었다.

'어서 나무를 베어 집을 좀 더 넓혀야겠어. 형님들이 모두 식

구들을 데리고 왔으니…….'

이반은 집을 새로 지어 형님들을 살게 할 생각이었다.

'옳지. 이반이 나무를 베지 못하도록 방해하자!'

둘째 악마는 나무로 기어 올라가 이반을 방해하기 시작했다. 이반은 나무를 마차에 싣기 좋게 밭둑 쪽으로 쓰러뜨리려고 도끼질을 했다. 그런데 나무는 엉뚱한 곳으로 넘어졌다. 둘째 악마가 반대쪽으로 밀었기 때문이었다.

'아니, 어찌 된 거야? 이런 일이 없었는데!'

이반이 고개를 갸웃거렸다.

'킥킥킥, 나를 당할 수 없지.'

둘째 악마는 낄낄거리며 고소해했다.

'거참, 이상하다. 왜 엉뚱한 쪽으로 쓰러지지? 도끼질을 다시 해야겠네. 에이, 힘들어!'

이반은 다른 나무에 걸린 나무를 빼내느라 땀을 뻘뻘 흘렸다. 그 바람에 하루 종일 한 그루밖에 베지 못했다. 다음 날도 나무는 또 엉뚱한 데로 쓰러졌다.

'그것참, 이상하다. 한 번도 이런 일이 없었는데……. 아이고, 힘들어. 좀 쉬었다가 하자.'

이반은 나뭇등걸에 기대어 숨을 깊이 들이마셨다.

'이러다간 추운 겨울이 와도 집을 다 못 짓겠군. 서둘러야지.'

이반은 쉬다 말고 다시 일어났다. 손바닥에 침을 탁탁 뱉으며 도끼를 단단히 잡았다. 몸에서 김이 무럭무럭 났지만 쉬지 않고 계속 도끼질을 했다. 그럴 때마다 둘째 악마는 계속 방해를 했다.

'아이고, 이제는 정말 허리가 아프군! 좀 쉬었다 하자.'

이반이 일을 멈추고 땅바닥에 주저앉자 둘째 악마는 매우 신이 났다. 이반이 일을 멈추는 것을 보고 악마도 나뭇등걸에 털썩 주저앉았다.

'어휴, 힘들어. 나도 좀 쉬어야겠다.'

악마는 앉자마자 고개를 끄덕이며 졸기 시작했다. 이때였다.

'이러고 있을 때가 아니지. 빨리 집을 지어 형님들을 편안하게 모셔야 하는데. 날이 어두워지기 전에 빨리 나무를 더 베자.'

이반은 다시 일어나 도끼를 집어 들었다. 힘을 모아 나무를 내려치자 이번에는 제대로 넘어졌다. 악마가 나무를 당기기 전에 이반이 도끼질을 했기 때문이었다.

'어, 이상하다. 이번에는 바르게 넘어지네. 그렇다면 아까는 귀신이 붙었다는 말인가?'

이반은 깜짝 놀랐다. 그런데 더 놀란 것은 악마였다.

'앗, 이게 어찌 된 일이냐?'

악마는 미처 피할 새도 없이 쓰러지는 나무에 깔리고 말았다. 이반은 도끼로 가지를 치기 시작했다. 가지를 치다 보니 또 무엇이 꼬물대고 있었다.

"아니, 요놈이 또 나타났네! 기분 나쁘게……. 그런데 너는 어째서 자꾸만 나를 따라다니는 것이냐?"

“아니, 아니에요. 저는 처음이에요. 저는 이반 님의 둘째 형님인 탈라스에게 붙어 있던 악마예요.”

“또 무슨 소리를 하는 거냐? 이 고얀 놈, 이번에는 정말 살려 두지 않겠다.”

이반은 도끼를 쳐들었다.

“앗, 저를 죽이지 마세요! 이반 님이 말씀하시는 것은 무엇이든 다 들어 드릴게요.”

악마는 눈물을 흘리며 싹싹 빌었다.

“아니, 뭐? 네가 도대체 무엇을 할 수 있단 말이냐?”

“예, 무엇이든지 다 해 드릴 수 있습니다. 돈을 만들어 드릴 수도 있습니다.”

“그럼 만들어 봐. 당장 만들어 봐!”

이반은 속지 않겠다는 듯이 으름장을 놓았다.

“자, 이 노랗고 둥근 나뭇잎을 따서 손으로 비비며 세 번 말해 보세요. ‘네 주인의 명령이다. 너희들은 지금부터 돈이다. 나뭇잎이 아니다. 나뭇잎이 아니다.’ 그러면 금돈이 좌르르 쏟아질 거예요.”

이반은 악마가 가르쳐 준 대로 해 보았다. 그러자 나뭇잎이 모두 금돈으로 변해 와르르 쏟아졌다.

"허허허, 그것 참 신기하다!"

둘째 악마는 이반이 웃는 것을 보고 약간 안심을 하며 이반에게 싹싹 빌었다.

"이반 님, 제발 저를 살려 주세요. 앞으로 다시는 이반 님 앞에 나타나지 않겠습니다."

"정말이냐?"

"네, 정말입니다."

"좋다, 한 번만 더 나타나면 하느님 앞으로 끌고 가겠다."

"네에? 하느님이라고요? 아이고, 살려 주세요."

'하느님'이라는 소리를 듣자 악마는 더 싹싹 빌었다.

"알았다. 다시는 내 앞에 나타나지 마라. 이제 가도 좋다."

이반은 지렛대로 나무를 들어 둘째 악마를 꺼내 주었다. 둘째 악마는 질겁하며 땅속으로 깊이 들어가 버렸다. 역시 그 자리에는 작은 구멍이 빠끔하게 생겼다.

이반은 나무를 끌고 와서 집을 새로 지었다.

'영차, 영차! 우리 식구들이 모두 따뜻하게 지낼 걸 생각하니 힘든 줄도 모르겠구나.'

집은 두 채가 더 늘어나서 모두 세 채가 되었다. 형제들은 따로따로 살게 되었다.

'형들을 한자리에 모시고 잔치를 열어야지.'

이반은 추수가 끝나자 귀리로 빵을 크게 구워 형들을 초대했다. 형들을 기쁘게 해 주고 싶었던 것이다.

"흥, 농사꾼 주제에 잔치는 무슨 잔치야!"

형들은 콧방귀를 뀌면서 오지 않았다. 이반은 형들이 오지 않자 이웃 사람들을 불렀다.

"여러분, 고맙습니다. 이렇게 우리 집에 와 주셔서……. 자, 제가 만든 빵을 좀 잡숴 보세요. 그리고 춤도 추고 노래도 부릅시다. 이제까지 여러분이 한 번도 본 적이 없는 것을 보여 드리겠습니다."

그러자 사람들은 웃으면서 노래를 부르기 시작했다. 어떤 사람들은 춤도 추었다. 노래와 춤이 끝나자 사람들이 말했다.

"우리가 지금까지 한 번도 본 적이 없다는 게 도대체 무엇인가요?"

"금방 가져올 테니 조금만 기다리세요."

이반은 바구니를 들고 숲으로 달려갔다.

"역시 바보는 바보로군, 호호호……."

여자들은 까르르 웃으며 다른 노래를 부르기 시작했다.

이반은 어두운 숲속으로 들어가 여기저기 헤맨 끝에 그때 그 노랗고 둥근 잎을 찾아 잔뜩 땄다.

"아니, 그게 뭐예요?"

"자, 놀라지 마세요. 모두들 조금씩만 가져가세요."

이반은 바구니에 손을 넣고 중얼중얼 무어라 외웠다. 그러고는 나뭇잎을 마당으로 뿌렸다. 나뭇잎은 모두 번쩍번쩍 빛나는 금돈이 되었다.

"아니, 이럴 수가! 정말로 처음 보는 금돈이네."

모두들 금돈을 줍느라 야단법석이었다. 이반은 이 모습을 보고 싱글거리며 말했다.

"하하하! 서로 밀지 말고 하나씩 차례대로 주우세요. 돈은 얼마든지 있으니까요."

이반은 다시 금돈을 뿌렸다.

"와아!"

사람들은 서로 돈을 주우려고 난리였다. 바구니 안의 나뭇잎이 다 떨어졌다.

"더 주세요. 더 주세요."

그래도 사람들은 더 달라고 졸라 댔다.

"이젠 다 드렸어요. 돈은 필요한 만큼만 있으면 되잖아요. 돈은 그저 장난감일 뿐인데 왜 그렇게 서로 짓밟으며 많이 가지려고 하세요? 자, 이제는 그만 다투고 우리 모두 다시 춤추고 노래를 부릅시다. 사이좋게 지내는 데에는 노래하고 춤추는 것이 제일이잖아요? 돈이 있으면 싸움만 나요."

"그래, 그게 좋겠다."

사람들은 기분이 좋아서 다시 노래를 부르고 춤을 추었다. 이반도 사람들 틈에서 춤을 추었다.

"아이고, 힘들어!"

사람들이 노래를 부르다 말고 물을 벌컥벌컥 들이마셨다.

"잘 불렀어요. 이번에는 구경만 하세요."

이반이 사람들을 자리에 앉히며 말했다.

'아니, 저 바보도 노래를 부를 줄 아나?'

사람들은 고개를 갸웃거렸다.

이반은 얼른 광으로 들어가 귀리 한 단을 빼내어 툭툭 치면서 세 번 말했다.

“네 주인의 명령이다. 귀릿단은 모두 군악대로 바뀌어라! 너희들은 지금부터 귀릿단이 아니다. 군악대가 되어라. 군악대가 되어라.”

그러자 귀릿단이 군사들로 바뀌었다. 군사들의 손에는 북과 나팔이 들려 있었다. 이반은 군사들을 데리고 마당으로 나왔다. 마을 사람들은 모두 눈이 휘둥그레졌다.

‘아니, 어떻게 조그만 저 광 속에 저토록 많은 군사들이 들어 있었지?’

군사들은 씩씩하게 음악을 연주했다. 사람들은 음악에 맞추어 신 나게 손뼉을 쳤다.

한참 뒤 즐거운 시간이 끝나자 이반은 군사들을 데리고 슬그머니 광으로 들어갔다. 이반은 아무도 모르게 군사들을 전처럼 귀릿단으로 돌아가게 했다.

이 소문을 들은 큰형 세미온은 한밤중인데도 헐레벌떡 달려왔다.

“야, 너 숨기지 말고 바른대로 말해. 도대체 어디서 군사들을 데리고 왔니? 그 군사들이 지금 어디 있느냐 말이다!"

세미온은 얼굴이 붉으락푸르락 달아올라 마구 소리를 질러댔다.

"아니, 그건 알아서 무엇 하려고요?"

"무엇 하다니? 군사만 있으면 무엇이든지 할 수 있다는 것을 몰라서 묻느냐? 바로 왕이 될 수도 있단 말이다."

"그래요? 그렇다면 왜 진작 말씀을 하지 않으셨습니까? 원하신다면 지금이라도 군사들을 얼마든지 만들어 드릴테니 걱정 마세요."

"그래, 그래. 나를 좀 도와 다오."

세미온은 애걸하는 투로 말했다.

"알았어요, 형님! 그 대신 군사들을 먼 데로 데리고 가셔야 해요. 그놈들을 여기 두면 하루 만에 온 마을 음식들을 몽땅 먹어 치울 테니까요. 그럼 이 마을 사람들이 모두 굶주리게 되거든요."

"알았다, 알았어."

세미온이 고개를 끄덕였다.

"좋습니다. 형님, 약속하셨습니다."

"알았대도 그러네."

이반은 귀릿단을 툭툭 쳐서 군사들을 만들기 시작했다. 군사들은 점점 늘어나 온 마을에 가득 찼다.

“형님, 어때요? 이만하면 됐지요?”

이반이 웃으며 말했다.

세미온은 좋아서 어찌할 바를 몰랐다.

“그래, 되었다. 이반, 네가 나를 이렇게까지 도와줄 줄은 꿈에도 몰랐구나. 이만하면 무엇이든지 할 수 있겠다.”

세미온은 비로소 눈물을 글썽거렸다.

“또 필요하거든 언제든지 찾아오세요. 얼마든지 만들어 드릴 테니까요.”

“오냐, 오냐!”

이반은 군사들을 모두 형에게 넘겨주었다. 세미온은 군대를 이끌고 바로 마을을 떠났다.

“휴우, 형님이 제 갈 길을 가셨으니 다행이다. 제발 일이 잘 풀려야 할 텐데…….”

군인은 노래만 해야 한다

그런데 세미온이 길을 떠나자 이번에는 둘째 형인 배불뚝이 탈라스가 찾아왔다.

'아니, 뭐라고? 마을 사람들이 이반한테서 금화를 잔뜩 얻어 갔다고?'

탈라스는 이반을 보자마자 씩씩거리면서 소리를 질렀다.

"이반! 그 많은 돈이 어디에서 생겼느냐? 이 형이 돈 때문에 죽을 고생을 하고 있다는 걸 설마 모르는 것은 아니겠지?"

이반은 씩씩거리는 형을 보자 마음이 아팠다.

"조금만 기다리세요. 금방 돈을 가져올게요. 아니, 그럴 게 아니라 마차를 끌고 따라오세요. 무거울 테니까요."

"뭐, 그게 정말이냐? 마차에 가득 실을 만큼 돈이 많다고? 그렇다면 말이란 말은 다 끄집어내어라."

탈라스는 너무 좋아서 집 안에 있는 마차란 마차는 모두 끌고 나섰다.

두 사람은 숲속으로 들어갔다. 이반은 나뭇잎으로 돈을 만들기 시작했다. 그러자 '짜라랑' 소리를 내며 금돈이 수북이 쌓였다. 배불뚝이 탈라스는 수레에 금화를 잔뜩 실었다. 탈라스는 싱글벙글 웃으며 길을 떠났다. 이반의 두 형들이 모두 마을에서 떠났다.

"형님들, 모두 성공하세요. 그리고 실패하더라도 또 오세요."

이반은 손을 흔들었다. 큰형 세미온은 군사들을 데리고 전쟁을 시작하고, 둘째 형 탈라스는 다시 장사를 시작했다.

"아, 나는 전쟁에서 이겨 왕이 되었다."

"아, 나는 다시 돈을 많이 벌었다."

세미온은 나라를 차지하고, 탈라스는 돈을 많이 벌어들였다.

어느 날, 이 두 형제가 한자리에서 만나 서로 그동안 있었던 일을 이야기했다.

“나는 성공했어. 싸움에 이겨 이젠 한 나라의 주인이 되었지. 그런데 어려운 일이 생겼어. 많은 부하들을 먹여 살리려니 돈이 많이 필요해.”

배불뚝이 탈라스가 말했다.

“형, 나도 성공했어요. 다시 장사를 해서 돈을 많이 벌었지요. 그런데 한 가지 문제가 생겼어요. 그 돈을 지켜 줄 파수꾼이 없단 말이에요. 튼튼한 파수꾼들이 있으면 좋겠는데…….”

그러자 세미온이 말했다.

“그러면 우리 다시 이반을 찾아가자. 이번에는 나는 돈을 만들어 달라고 하고, 너는 군사를 만들어 달라고 하자. 그러면 우리 모두 마음 놓고 잠을 잘 수 있을 거야.”

욕심쟁이 형들은 다시 이반을 찾아갔다. 이반은 여전히 누이동생과 함께 들에서 열심히 일을 하고 있었다. 일을 마치고 집에 돌아오니 형들이 기다리고 있었다.

“아니, 형님들이 한꺼번에 웬일이십니까? 그동안 안녕하셨습니까?”

이반은 형님들을 보자 너무나 반가워 어쩔 줄을 몰랐다.

세미온은 동생이 반가워하는 것도 아랑곳하지 않고 대뜸 큰 소리로 말했다.

"아무래도 군사가 모자라서 또 왔다. 한 200명을 더 만들어 줘야겠다."

이반은 고개를 저었다.

"안 돼요, 형님. 이제부터는 군사를 함부로 만들지 않기로 했어요."

"그게 무슨 소리냐? 네가 약속했잖아? 언제든지 필요하면 다시 찾아오라고……."

"네, 약속은 했어요. 하지만 안 됩니다."

"아니, 이런 고얀 녀석 같으니라고……. 약속을 해 놓고 어째서 안 된다는 거냐?"

"왜냐고요? 형님은 그걸 몰라서 묻나요? 형님이 군사들을 시켜서 많은 사람들을 죽였다면서요?"

"그렇다면 군사는 어디다 쓰라는 것이냐?"

"말도 마세요. 얼마 전 길가에 있는 밭에서 일을 하고 있는데 어떤 아주머니가 엉엉 울면서 관을 나르고 있었어요. 누가 죽었느냐고 물었더니, 전쟁을 일으킨 세미온의 군사가 자기 남편을 죽였다는 거예요. 저는 깜짝 놀랐어요. 저는 군사들이 음악을 연주하고 노래만 부르는 줄 알았지, 사람을 죽이는 줄은 몰랐어요. 그런데 어떻게 또 군사를 만들겠어요. 노래하는 군사라면 몰라도, 사람을 죽이는 무서운 군사라면 두 번 다시 만들지 않기로 했어요."

이반이 주먹을 굳게 쥐며 말했다. 이반의 고집을 꺾을 수 없다고 생각한 세미온은 그만 입을 다물 수밖에 없었다. 이번에는 탈라스가 나섰다.

"하지만 내 부탁은 들어줘야겠다. 나는 지금 돈이 더 필요하게 되었다."

이반은 이번에도 고개를 가로저었다.

"형님, 그것도 안 됩니다. 앞으로는 돈도 절대 만들지 않기로 했습니다."

"아니, 그게 무슨 소리냐? 나와 단단히 약속했잖니! 네가 아무리 바보라도 그 약속을 벌써 잊었단 말이냐?"

"물론 약속을 했지요. 하지만 다시는 돈을 만들지 않기로 했어요."

"이 바보 같은 녀석아, 돈이 얼마나 좋은데 왜 그걸 만들지 않겠다는 것이냐?"

"왜라니요? 형님의 돈 때문에 우리 이웃집 아저씨가 소를 빼앗긴 일을 모르시지는 않겠지요?"

"소를 빼앗기다니, 그게 도대체 무슨 소리냐?"

"정말 모르신다면 말씀드리지요. 우리 이웃집 아저씨가 젖을 짜는 암소 한 마리를 기르고 있었다는 것은 형님도 잘 아시잖아요? 그런데 형님이 길을 떠난 며칠 뒤에 그 집 아이들이 우리 집에 찾아왔어요. 우유를 좀 달라고요. '너희 집 젖소는 어떻게 했니?' 하고 물었더니, 탈라스 형의 일꾼들이 와서 금돈 세 닢을 주고 소를 끌고 갔다는 거예요. 나는 금돈이 그저 가지고 노는 장난감인 줄만 알았는데, 형님은 그 돈으로 아이들이 우유를 먹지 못하게 했어요. 그런데 어떻게 돈을 더 만들겠어요?"

두 형은 아무리 사정을 해도 이반의 고집을 꺾을 수 없었다.

"네 이놈, 나에게 혼이 나 봐야 하겠느냐?"

두 형들은 윽박지르기까지 했으나 이반은 군사와 돈을 더 만들지 않았다. 계속 고개만 가로저을 뿐이었다. 세미온과 탈라스는 하는 수 없이 빈손으로 나올 수밖에 없었다.

"이반이 한번 고집을 부리면 아무도 못 당해. 아, 이렇게 하면 되겠구나. 너는 내게 군인을 먹일 수 있는 돈을 주고,

나는 네 나라를 지킬 군대를 주면 되지 않겠니?"

세미온이 말했다.

"아! 그게 좋겠군요. 그렇게 합시다."

이렇게 하여 두 형제는 각각 다른 나라의 임금이 되었다.

공주님도 중요하지만

바보 이반은 여전히 부모님을 편안히 모시며 누이동생과 함께 부지런히 일을 했다. 그러던 어느 날 이반의 집에서 기르던 개가 병이 들어 곧 죽게 되었다.

"아이고, 저걸 어쩌지!"

"저 검둥이가 없으면 누가 집을 지키고, 누가 양 떼를 몬단 말이냐?"

온 식구들이 걱정을 했다. 이반도 개가 불쌍해서 견딜 수가 없었다. 어릴 때부터 정이 든 개였다.

이반은 개에게 빵이라도 먹여 보려고 누이동생에게 빵을 가져오게 했다. 이반은 그 빵을 모자에 담아 가지고 개에게 다가

갔다. 그런데 그 모자 속에는 작은 악마가 준 나무뿌리가 들어 있었다.

'참, 이 나무뿌리를 먹여 보자.'

이반은 먹기 좋게 나무뿌리를 질겅질겅 씹어 빵과 함께 개에게 주었다.

"제발 이걸 먹고 좀 낫게 해 주세요."

이반은 손을 모아 기도까지 올렸다. 늙은 개는 빵과 함께 그 나무뿌리도 먹어 버렸다.

그런데 참으로 이상한 일이 일어났다. 개는 그것을 먹자 금세 병이 나아서 언제 아팠느냐는 듯이 껑충껑충 뛰어다니며 장난도 치고 꼬리를 이리저리 흔들며 좋아했다. 늙은 아버지와 어머니가 신기한 듯이 물었다.

"이반아, 다 죽어 가는 개를 어떻게 고쳤느냐? 너는 참 재주가 많구나."

이반이 웃으며 대답했다.

"네, 깜박 잊고 있었는데 제 모자 속에는 어떤 병이든지 금방 낫게 하는 나무뿌리가 두 개 있었어요. 그걸 하나 먹였더니 저렇게 감쪽같이 나았습니다. 검둥이는 우리 집에서 일을 많이 했잖아요!"

"그래, 잘했다."

이반은 개를 데리고 목장으로 나가 양 떼를 돌보았다.

몇 달이 지났다.

"공주님이 편찮으시다. 누구든지 공주님을 고쳐 주는 사람에게는 큰 상을 내리겠다. 만약 아직 장가를 가지 않은 청년이라면 공주님과 결혼을 할 수도 있다."

임금님의 신하들이 말을 타고 와서 외쳤다. 이 말을 들은 이반의 부모님이 아들을 불렀다.

"이반아, 너도 공주님이 병이 났다는 말을 들었니? 어서 그 나무뿌리를 가지고 궁궐로 가거라. 그러면 너는 평생 행복하게 살 수 있어."

"아니에요. 저는 이 나무뿌리를 아버지, 어머니께 드리겠어요. 그리고 부모님과 함께 오랫동안 이 마을에서 행복하게 살 거예요."

"그래, 그것도 좋지만 사람은 늙으면 죽는 법이란다. 언제까지나 같이 살 수는 없단다. 너는 그동안 집에서 열심히 일을 했으니 이제는 궁궐 구경도 할 때가 되었다. 우리 걱정 말고 어서 길을 떠나거라."

아버지, 어머니가 이반에게 새 옷을 내주며 말했다. 이반은

부모님의 말씀을 거슬러서는 안 된다는 생각이 들었다. 그래서 마지못해 대답했다.

"네, 알았습니다. 제가 궁궐에 가는 것이 아버지, 어머니를 기쁘게 해 드리는 일이라면 지금 당장 가겠습니다."

"오냐, 오냐."

이반이 옷을 입고 막 대문을 나섰을 때였다. 대문 밖에 손목이 구부러진 늙은 여자 거지 한 사람이 웅크리고 앉아 있었다. 누더기 옷을 입은 그 거지는 이반에게 애원을 했다.

"이반 도련님께서 병을 잘 고친다는 소문을 듣고 찾아왔습니다. 제발 제 병을 좀 고쳐 주십시오. 이 손으로는 아무것도 할 수 없습니다. 제발 부탁입니다."

"알겠습니다."

이반은 지금 자기가 어디로 가던 중인지도 잊고 거지의 손을 어루만지며 말했다.

"좋습니다, 고쳐 드리지요."

이반은 모자를 벗어 마지막 남은 나무뿌리를 꺼내어 여자 거지에게 갈아 먹였다. 거지는 그것을 먹자마자 거짓말처럼 나았다.

"고맙습니다, 고맙습니다!"

거지는 쓰지 못하던 손을 마음대로 움직이며 몇 번이나 고맙다는 인사를 했다. 거지는 기쁜 얼굴로 돌아갔다.

"아니, 방금 이반이 무슨 짓을 한 거요?"

"그러게 말이오. 약을 저 늙은 거지한테 주어 버린 것 같은데요."

아버지, 어머니가 이반을 배웅하러 나왔다가 아들이 마지막 남은 나무뿌리를 거지에게 주는 것을 보았다.

"이 바보 녀석아! 그래, 저깟 거지가 공주님보다 더 소중하단 말이냐?"

꾸중을 듣자 이반은 그제야 공주님 생각이 났다.

"아 참! 그래도 공주는 주변에 사람이 많을 테지만, 저 거지에게는 아무도 없잖아요."

이반은 아무렇지도 않다는 듯이 호밀 짚 한 다발을 던져 넣으며 마차에 올라탔다.

"이 바보 같은 녀석아! 약도 없이 어디로 가려고 그렇게 서두르느냐?"

"공주님의 병을 고쳐 주려고요."

"약도 없이 어떻게 병을 고친단 말이냐? 쓸데없는 짓 하지 마라!"

"걱정하지 마십시오. 다른 수가 생기겠지요."

이반은 집을 떠나 사흘 만에 궁궐에 닿았다.

"무엇 하러 왔느냐?"

문지기가 막아섰다.

"공주님 병을 고치러 왔다."

"뭐라고? 아무것도 모르는 촌놈 같은데!"

"아니, 나를 보고 촌놈이라고?"

이반이 화가 난 표정을 지었다. 그러자 문지기가 움찔하며 말했다.

"조금만 기다려. 임금님께 보고하겠다."

그 순간이었다. 궁궐 쪽에서 만세 소리가 들려왔다.

"야아, 공주님의 병이 나았다!"

"만세, 만세!"

신기하게도 이반이 궁궐 안에 들어서자마자 공주의 병이 나았던 것이다.

"그것참, 신기하도다. 방금 궁궐에 도착한 그 청년을 불러오너라."

임금님이 이반을 궁궐 안으로 불러들였다.

"그대는 무슨 방법으로 공주의 병을 낫게 하였느냐?"

"잘 모르겠습니다. 제가 병을 고치는 나무뿌리를 가지고 있었는데, 오다가 가난한 거지에게 주고 말았습니다."

"그래? 참 착한 청년이로구나. 어쨌거나 그대가 오자마자 공주의 병이 나았으니, 그대는 앞으로 공주와 결혼하여 공주를 잘 돌보아 주어야 하네."

"네, 알겠습니다."

이렇게 해서 이반은 공주와 결혼을 하게 되었다. 그런데 얼마 후 임금님이 돌아가시는 바람에 이반이 뒤를 이어 새 임금이 되었다.

일하는 임금님

이제 이반의 세 형제는 모두 임금이 되었다.

맏형 세미온은 계속 자기 마음껏 사치스러운 생활을 했다. 세미온은 끊임없이 힘이 센 병사들을 많이 뽑아 훈련을 시켰다. 그리고 조금이라도 자기를 따르지 않는 사람이 있으면 병사들을 시켜 감옥에도 가두고, 재산도 마구 빼앗았다. 사람들은 차차 세미온을 미워하게 되었다. 그래도 세미온은 아랑곳하지 않고 혼자만 좋은 옷을 입고 기름진 음식을 먹으며 거들먹거렸다.

"우리 임금은 욕심이 많고 인정이 없어."

"정말이야. 언젠가는 쫓겨나야 해."

세미온 나라의 사람들이 수군거렸다.

배불뚝이 탈라스도 형과 마찬가지로 사치를 누렸다. 동생 이반에게서 얻은 돈과 또 장사를 해서 번 돈이 많은데도 자꾸만 세금을 거두어들였다. 심지어는 집안의 결혼식과 장례식을 할 때에도 세금을 내게 했다.

"아니, 나라에서 돈을 보태어 주는 것도 아닌데 왜 남의 집 결혼식에 와서 세금을 내라고 하는 거야?"

"그러게 말이야. 사람이 죽어 슬퍼 죽겠는데 장례식에 대해서까지 세금을 받아 가려 한다니까!"

"그래, 정말 나쁜 임금이야!"

백성들의 원망은 점점 커져 갔다. 탈라스는 그것도 모자라 마차를 타거나 신발을 신을 때에도 세금을 매겼다. 백성들의 살림살이는 날이 갈수록 어려워졌다.

"우리 임금은 사치가 너무 심해."

"맞아, 언젠가는 쫓겨나야 해."

탈라스 나라 백성들도 점점 탈라스를 쫓아내고 싶어 했다.

그런데 바보 이반의 임금 생활은 참으로 행복했다. 어느 날 이반이 왕비에게 말했다.

"이 금빛 옷은 장롱 속에 넣어 두시오."

"이것은 임금이 입는 옷입니다. 이것을 입지 않으면 당신이 임금인 줄 아무도 못 알아볼 것입니다."

"괜찮소. 백성들만 잘살면 되지, 내가 좋은 옷을 입어 무엇에 쓰겠소?"

이반은 허술한 농사꾼의 옷을 입고 나무껍질 구두를 신으며 말했다.

"일을 해야겠소. 가만 앉아 있으니까 무엇보다도 밥맛이 없어서 안 되겠소. 밤에 잠도 잘 오지 않고……."

"그래도 안 됩니다. 왕이 직접 농사일을 하는 법은 이 나라에 없습니다."

왕비가 이반을 말렸으나, 이반은 그 말을 듣지 않았다.

"나는 원래 농사를 짓고 살던 사람이오. 그러니 내가 하던 일을 해야 하오."

이반은 아버지와 어머니, 벙어리 여동생을 불러 함께 밭에 나가 일을 하기 시작했다. 백성들은 깜짝 놀랐다.

"아니, 임금님께서 이렇게 일을 하시다니요! 그건 있을 수 없는 일입니다."

백성들이 몰려와서 이렇게 말하면 이반은 지지 않고 말했다.

"나도 먹어야 살지 않소? 먹으려면 일을 해야 하고……."

이 말에 많은 사람들이 두 손을 들고 말았다.

"우리 임금님은 정말 훌륭하신 분이야. 저렇게 농부보다 더 열심히 일하는 임금님은 일찍이 없었을 거야."

"그래, 임금님은 우리 모두를 잘 먹여 주려고 저렇게 열심히 일을 하셔."

"정말 고마우신 분이야!"

그런데 이반은 한술 더 떴다.

"관리들에게도 일을 시키시오. 마구간 거름도 치우게 하고, 길도 고치게 하고……."

"안 됩니다. 대신이 일을 하는 법은 없습니다."

"그럼 대신들은 사람이 아니오? 사람이면 누구나 다 같이 일하고 서로 나누어 먹어야 하는 법이 아니오?"

"대신들은 나라를 다스리는 일만 하면 됩니다."

"일도 안 하고 어떻게 나라를 다스린단 말이오? 일을 열심히 하는 것이 곧 나라를 잘살게 하는 일이오. 만약 일을 하지 않는 대신이 있다면 그러한 대신에게는 봉급을 주지 않겠소."

"아이고!"

이 말에 대신들은 아무 소리도 못 하고 모두 물러갔다.

"아무래도 우리 임금은 바보 같아. 어떻게 임금과 대신들이 밭에 나가 일을 한단 말이야?"

대신들이 수군수군 이반의 흉을 보았다. 이때였다. 왕비가 대신들이 수군거리는 소리를 들었다.

'아니, 대신들이 내 남편을 흉보잖아?'

왕비는 화가 나 씩씩거리며 이반에게 와서 말했다.

"지금 대신들이 바보라고 당신 흉을 보고 있어요. 속이 상해 죽겠어요."

그러나 이반은 아무렇지도 않다는 듯이 대꾸했다.

"그렇게 말하던가요? 틀린 말은 아니군요."

이반은 빙그레 웃으며 일만 했다.

'아, 저렇게 착할 수가!'

왕비는 이반의 모습을 보고 생각에 잠겼다.

'아, 내가 잘못 생각했어. 남편이 비록 바보 소리는 듣지만 매우 훌륭한 분이야. 욕심도 없고, 모든 백성들을 잘살게 하려고 부지런히 일만 하는 분이잖아. 그리고 남편은 어디까지나 남편이야. 바늘 가는 곳에 실이 따라가야 하는 법이지. 나도 지금부터는 남편을 따라 부지런히 일을 해야겠다.'

왕비도 화려한 옷을 벗어 장롱 속에 넣어 두고 벙어리 시누이에게 일을 배우러 갔다. 이반의 여동생 마리나는 웃는 얼굴

로 왕비에게 낫질이며 괭이질을 가르쳐 주었다. 왕비가 힘들어할까 봐 가벼운 괭이를 골라 주고 낫도 크지 않은 것을 골라 주었다.

'아, 나를 위해 이것저것 많이 생각해 주는구나.'

왕비는 이런 배려가 아주 고마웠다. 왕비는 자기가 아끼는 귀한 목걸이를 마리나에게 선뜻 내주었다. 그러나 마리나는 손을 내저으며 왕비에게 도로 걸어 주었다. 그러고는 뭐라고 외치는 듯이 소리를 냈다. 이반은 용케도 마리나의 소리를 알아듣고 왕비에게 말했다.

"여보, 마리나가 고맙기는 하지만 그 목걸이는 왕비에게나 어울리지, 자기에게는 어울리지 않으니 사양하겠다고 하는구려. 그만 거두어들이시오."

"아니에요, 아가씨가 너무 고마워서 그래요. 마음씨도 아름답고!"

왕비는 자기의 긴 드레스를 꺼내어 마리나에게 내밀었다. 이번에도 마리나는 한사코 사양했다. 마리나는 물건을 받지는 않았지만 왕비가 고마워 연신 그윽한 눈으로 왕비와 이반 오빠를 바라보았다.

"그래, 우리 착한 마리나. 고마워!"

이반이 마리나를 칭찬해 주었다.

"우우, 어!"

마리나가 다시 뭐라고 중얼거렸다. 그 말은 '아니야, 나는 내 형편에 맞게 살아야 해.'라는 말이었다. 왕비는 마리나를 따라 열심히 일을 했다.

'이렇게 일을 하니 정말 좋구나. 밥맛도 있고 밤에 잠도 잘 오고…….'

왕비는 옷에 흙이 묻었지만 전혀 개의치 않고 기쁘게 일을 했다. 신하들은 투덜거렸다.

"칫, 이게 뭐야. 날마다 잔치를 하고 맛있는 음식도 많이 나와야지. 왕이 밭에 나가 일을 하더니 이젠 왕비까지 괭이질에다 삽질을 하고 있으니, 원! 쯧쯧……."

왕과 왕비가 일하는 모습을 보고 많은 신하들이 하나둘씩 떠나 버리자 궁궐에는 몇 사람 남지 않았다. 그래도 사람들은 여전히 이반을 임금님이라고 불렀다.

변장 잘하는 늙은 악마

한편, 악마들의 대장인 늙은 악마는 궁금해서 안달이 났다. 세미온과 탈라스, 그리고 이반의 세 형제가 망하게 되어 서로 싸운다는 소식이 올 날만을 목이 빠지도록 기다리는데도 젊은 악마들로부터는 아무 소식이 없었기 때문이었다.

'어허, 그것참! 이 녀석들이 도대체 어디서 무엇을 하는지 모르겠네.'

늙은 악마는 기다리다 못해 결국 자기가 직접 나가 보기로 했다. 그런데 아무리 찾아보아도 젊은 악마들을 찾을 길이 없었다. 다만 이반이 살던 집의 귀리밭 등 여기저기에서 작은 구멍 세 개만 발견했을 뿐이었다.

'아무래도 실패한 모양이군. 그렇다면 좋다. 나 혼자서라도 그 세 놈을 거지로 만들어서 서로 싸우게 해야지.'

늙은 악마는 이렇게 다짐하고 세 형제를 찾아 길을 떠났다. 이반의 세 형제는 이제 군인도 장사꾼도 아니었다. 하나도 망하지 않고 모두 왕이 되어 있었다. 바보 이반마저도 왕이 되어 큰 나라를 다스렸다. 늙은 악마는 화가 머리끝까지 치밀어 올랐다.

'으음, 그렇다면 어디 두고 보자. 이번에는 내가 싸울 차례가 온 것 같구나.'

늙은 악마는 번개처럼 빠른 속도로 하늘을 날아 먼저 세미온의 나라로 찾아갔다. 씩씩한 장군 모습으로 변한 악마는 세미온에게 공손히 절을 한 다음 말했다.

"세미온 임금님, 소문을 들으니 임금님은 아주 훌륭한 군인이셨다지요? 저도 오랫동안 군인 생활을 했습니다. 그래서 이제부터 임금님을 받들고 싶어서 찾아왔습니다."

"그래요? 만약 군대를 준다면 어떻게 훈련시키겠소?"

"네, 훈련보다 더 중요한 것은 숫자입니다. 군사가 많아야 전쟁에서 더 빨리 승리할 수 있으니까요."

"음, 그렇구나!"

욕심이 많은 세미온은 악마가 자기를 꾀는 줄도 모르고 고개를 끄덕였다.

"지금 이 나라에는 일하지 않고 노는 사람이 너무 많습니다. 젊은 놈들은 모조리 군사로 뽑아야 합니다."

세미온은 그 말을 듣자 신바람이 났다.

'음, 잘하면 이 세상에서 가장 큰 나라의 왕이 될 수도 있겠구나.'

세미온은 코를 벌름거리면서 좋아했다.

"흐흠, 그래서?"

"군사들에게 무기를 주겠습니다. 한 번 당기면 100발이나 날아가는 총과 무엇이나 불태워 버리는 대포를 만들어 드리겠습니다."

"대포까지나!"

늙은 악마는 자기에게 속아 넘어가는 세미온을 보며 속으로 만세를 불렀다.

"좋소, 우리 나라의 장군이 되어 나를 도와주시오."

세미온은 악마인 줄도 모르고 늙은 악마를 당장 장군으로 삼았다.

"여봐라, 지금 당장 나라 안의 청년들을 모두 군사로 만들어라!"

세미온의 명령이 떨어지자마자 전국의 청년들이 모두 붙잡혀 왔다.

"그리고 신식 총과 대포를 만들 수 있는 공장을 세워라! 공장을 세우려면 돈이 필요하다. 백성들의 돈을 마구 빼앗아 오너라."

"네, 걱정하지 마십시오."

늙은 악마는 사람들의 돈을 마구 빼앗아 공장을 세웠다. 총과 대포가 산더미처럼 쌓였다.

탕탕탕탕, 타다다당……!

총알은 몇백 개가 날아갔는지 알 수 없을 정도였다. 대포도 마찬가지였다. 포탄을 맞은 농가는 순식간에 잿더미가 되고 말았다.

"음, 과연 훌륭하구나. 이 총과 대포만 있으면 아무리 강한 나라라도 이길 수 있겠어."

세미온의 말에 늙은 악마가 장단을 맞추었다.

"그렇습니다. 지금 당장 전쟁을 일으키십시오."

"그래, 좋다! 당장 이웃 나라로 쳐들어가자!"

세미온은 신이 나서 명령을 내렸다. 그러고는 군대를 이끌고 이웃 나라로 물밀듯이 쳐들어갔다. 세미온의 군대는 별로 훈련도 하지 않았지만 총과 대포가 뛰어나 쉽게 싸울 수가 있었다. 이웃 나라 왕은 곧 항복을 하고 말았다.

"아이고, 잘못했습니다. 나라를 모두 드릴 테니, 제발 목숨만 살려 주십시오."

이웃 나라 임금은 세미온에게 고개를 숙이고 싹싹 빌었다.

"음, 그래야지."

세미온은 흐뭇한 모습으로 고개를 끄덕였다.

"자, 이제는 인도를 쳐부수자. 지난번의 원수를 갚자. 인도가 아무리 세계 최강국이라 해도 우리 군대와 무기 앞에서는 어쩔 수 없을 것이다."

세미온은 인도를 쳐부술 수 있다고 생각하니 기분이 매우 좋아졌다.

"하하하! 이제 곧 나는 세계에서 가장 큰 나라의 왕이 될 것이다."

그러나 인도의 왕은 지혜로운 왕이었다.

"세미온이 무기를 많이 만든다고 한다. 그렇다면 우리 나라로 또 쳐들어올 것이 틀림없다. 세미온의 노예가 되지 않으려면 모두가 힘을 합쳐 미리 준비를 해야 한다."

인도에서는 젊은 남자들뿐 아니라 여자들까지도 군사로 뽑아 훈련을 시켰다. 세미온의 총과 대포보다 더 뛰어난 무기도 만들었다.

이때, 세미온 밑에 있던 늙은 악마는 인도로 날아갔다. 날아가면서 소년의 모습으로 변한 늙은 악마는 인도의 임금을 찾아가 말했다.

"임금님, 세미온의 군대는 말을 타고 벌판을 가로질러 마구 달려올 것입니다. 땅에 폭탄을 묻어 놓고 가느다란 줄을 매어

두십시오. 세미온의 군대가 그 위를 달리거든 그때 일제히 줄을 당겨 폭탄을 터뜨리십시오. 그럼 세미온의 군대는 금방 풍비박산이 나고 말 것입니다."

"그래, 그것 참 좋은 생각이로구나. 그런데 그대는 누구인데 그 말을 나에게 하는가?"

"네, 세미온은 저의 원수입니다. 세미온 때문에 저는 부모님을 모두 잃었습니다. 세미온이 우리 나라를 쳐들어와 우리 가족을 죽이고 재산을 모두 빼앗아 갔습니다."

"저런! 잘 알겠다. 내가 그대의 원수를 갚아 주겠노라."

인도의 왕은 기뻐하며 무릎을 쳤다. 인도의 왕이 좋아하는 것을 본 악마는 다시 장군으로 변해 세미온에게 날아갔다.

인도의 왕은 즉시 악마의 말대로 명령을 내렸다.

"세미온의 군대가 달려올 만한 들판에 폭탄을 묻어라. 그리고 잘 보이지 않는 가는 줄을 매어 놓고 그 위를 달려오거든 모두 터지게 하여라. 또 나무 위에도 폭탄을 얹어 적의 머리 위에서 터지게 만들어라."

한편 세미온은 아무것도 모르는 채 명령을 내렸다.

"자, 인도로 쳐들어가자. 인도를 쑥대밭으로 만들고 많은 보물을 빼앗아 오자."

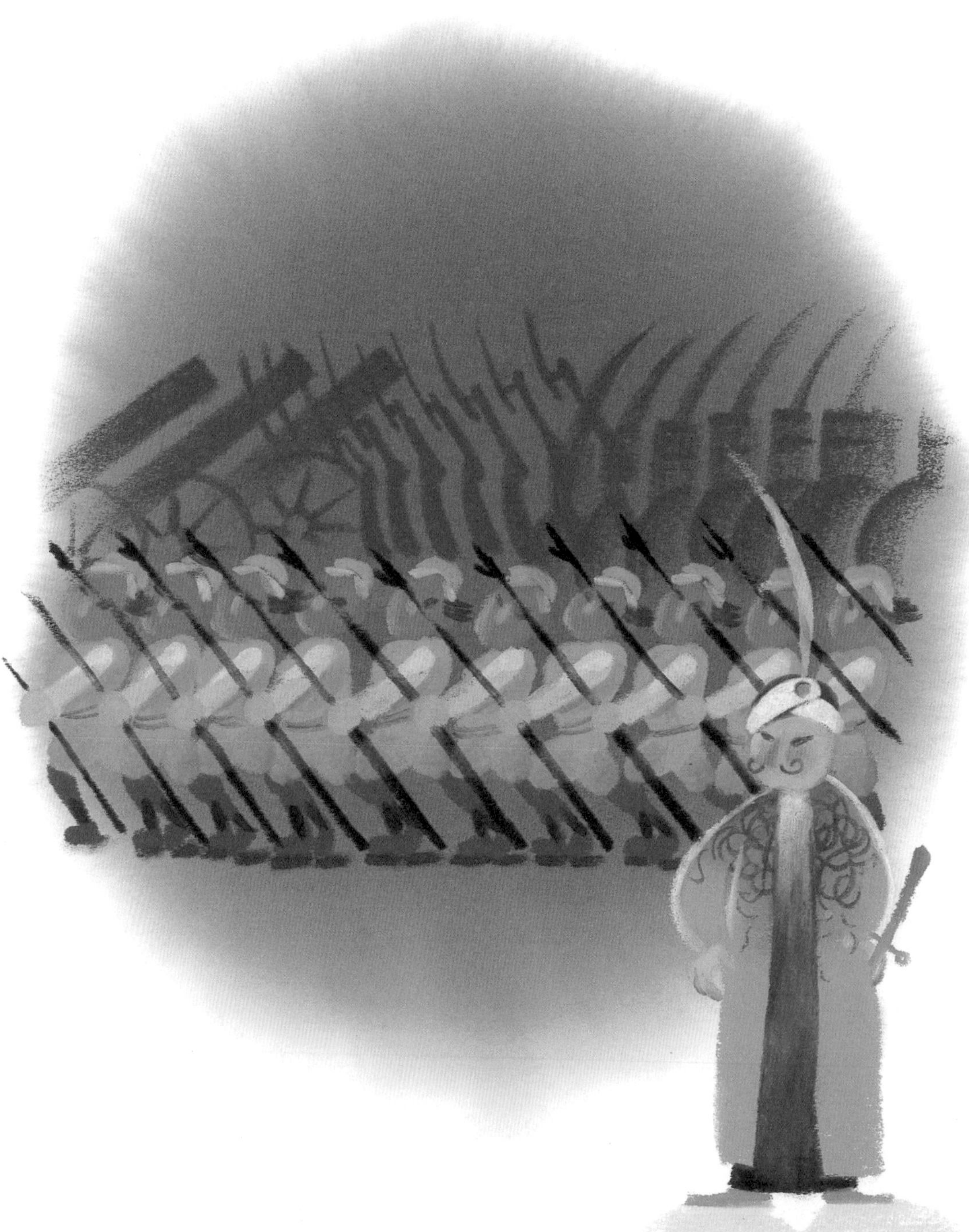

"와아!"

세미온의 군대는 쉽게 이길 줄 알고 겁도 없이 인도를 향해 마구 달려갔다. 그런데 생각과는 전혀 다른 일이 벌어지고 말았다.

인도의 왕은 세미온의 군대가 가까이 다가오기를 기다리고 있다가 줄을 당겨 폭탄을 터뜨리기 시작했다.

"아니, 어떻게 된 일이냐? 땅바닥에서 폭탄이 터지다니!"

"그러게 말입니다."

"이러다가는 모두 다 죽겠다. 후퇴하라, 후퇴!"

세미온은 큰 소리로 외쳤다. 그러나 부하들은 이미 많이 죽고 다쳤다. 세미온의 군대는 돌아서서 도망을 치기 시작했다.

펑, 펑!

이번에는 나무 위에서 폭탄이 터지기 시작했다. 세미온의 병사들은 대부분 목숨을 잃었다.

"어휴, 이게 무슨 꼴이람? 신식 총과 대포는 써 보지도 못하고 완전히 지고 말았구나, 으앙!"

세미온은 울상을 지었다. 세미온은 살아남은 서너 명만 데리고 힘없이 궁궐로 돌아왔다.

"내 아들을 살려 내라!"

“내 남편을 살려 내라!”

“우리들에게 먹을 것을 내놓아라. 전쟁 준비를 한다고 다 빼앗아 가서 먹을 것이 하나도 없다.”

화가 난 백성들이 세미온을 향해 돌멩이를 마구 던졌다.

‘아이고, 망했구나!’

세미온은 혼자 깊은 산속으로 도망을 쳤다. 밤이 되자 지치고 배고픈 세미온은 그 자리에 쓰러졌다. 이것을 본 늙은 악마가 중얼거렸다.

“흠, 됐어. 세미온은 보기 좋게 망한 거야. 다음 차례는 둘째인 탈라스야.

돈에 목숨을 걸면

늙은 악마는 돈 많은 장사꾼으로 금방 모습을 바꾸었다. 그러고는 탈라스가 다스리는 나라로 찾아갔다. 악마는 엄청난 부자 장사꾼이 되어 궁궐 앞에 커다란 집을 지었다. 부자답게 하인을 부리며 돈을 펑펑 썼다.

"자, 수레를 끌고 오시오. 금돈 열 개를 드리겠소."

"뭐? 수레 한 대에 금돈 두 개면 되는데 열 개나 준다고?"

늙은 악마는 무엇이든 부르는 대로 많은 돈을 주고 마구 사들였다. 그 소문은 차차 온 나라로 퍼졌다.

"아니, 어쩌면 그렇게 큰 부자가 있지? 우리도 뭘 좀 팔아서 먹고살아야지."

많은 사람들이 여러 가지 물건을 들고 와서 대신 돈을 받아 갔다. 이 소문은 금방 탈라스의 귀에 들어갔다.

'으음, 백성들이 물건을 팔아서 돈이 생겼단 말이지. 그럼 세금을 거두어야지!'

탈라스는 곧 부하들을 보내어 세금을 걷기 시작했다.

"너희들이 물건을 팔아 돈이 있다는 것을 다 안다. 세금을 내어라, 세금을!"

그러자 사람들이 외쳤다.

“아니, 또 세금을 거둔단 말이오? 그럼 우리는 무얼 먹고 살아간단 말이오?”

“나라를 지키려면 돈이 많이 들어간다. 소득이 있는 곳에는 항상 세금이 있기 마련이다.”

“아이고, 지긋지긋해!”

“세금을 내지 않으면 옥에 가둘 것이다. 목숨이 아깝거든 먼저 세금을 내어라.”

“아아!”

백성들은 탈라스의 등쌀을 이기지 못해 세금을 낼 수밖에 없었다. 세금으로 낼 돈이 모자라면 닥치는 대로 물건을 팔아 돈을 마련했다. 백성들은 더욱더 가난해지기만 했다. 한편 탈라스의 금고에는 세금으로 거둬들인 돈이 넘쳐났다.

‘흐흐흐……, 그놈의 부자 장사꾼 덕분에 내 금고에 돈이 많이 불어나는구나, 하하하! 이 돈을 어디에 다 쓰지?’

돈이 많아지자 탈라스는 엉뚱한 생각을 하게 되었다.

‘그렇다. 이제까지 어느 왕도 가져 보지 못한, 어마어마하게 크고 화려한 새 궁궐을 짓자! 아, 생각만 해도 신 난다.’

탈라스는 즉시 부하들을 시켜 목재를 사들이는 한편, 백성들을 동원하여 산에서 무거운 돌을 캐 오게 했다. 그러나 아무도 일을 하려고 하지 않았다.

'음, 지금까지는 공짜로 부려 먹었는데 이젠 말을 듣지 않으니 할 수 없지. 품삯을 준다고 하면 틀림없이 우르르 달려와 열심히 일을 할 거야.'

탈라스는 부하들에게 큰 소리로 명령을 내렸다.

"안 되겠다! 여봐라, 온 나라에 명령을 내려 일하러 오는 백성들에게 품삯을 주겠다고 하여라."

그래도 여전히 일을 하러 오는 백성은 없었다.

"왜 일하러 오지 않는 것이냐?"

"네, 모두 부자네 집으로 갔습니다. 거기에 가면 돈을 두 배로 준다고 하면서요."

"아니, 뭐라고? 그것참, 맹랑한 놈이로군. 좋다, 그럼 나는 그놈보다 더 많이 준다고 하여라."

그래도 사람들이 오지 않았다. 악마가 탈라스보다 더 많이 주겠다고 했기 때문이었다.

탈라스는 엄청난 돈을 뿌리고도 대궐을 반밖에 짓지 못했다. 어느새 겨울이 다가와서 일을 더 할 수도 없었다. 날씨가 몹시 추워졌다.

"바람이 세게 부는 걸 보니 이번 겨울에는 몹시 추울 것 같구나. 산속 마을로 찾아가서 족제비 털가죽을 사 오너라."

탈라스는 새 외투를 만들기 위해 족제비 가죽을 사들이도록 했다. 부하들이 여러 곳으로 흩어졌다. 그러나 부하들은 모두 빈손으로 털레털레 돌아왔다.

"어디를 가도 가죽을 한 장도 살 수가 없었습니다. 모피란 모피는 그 장사꾼이 다 사들여 찾아볼 수도 없었습니다. 그것도 비싼 값으로 사들였기 때문에 우리에게는 있어도 팔겠다는 사람이 없었습니다. 그 장사꾼은 모피를 많이 모아 방에 깔기도 하고 벽에도 붙이며 난리를 부린다고 합니다."

"허어, 그것참……! 족제비 가죽마저 그놈에게 빼앗기고 말다니!"

모든 일이 제대로 풀리지 않자 짜증이 난 탈라스는 그만 날마다 잠만 잤다. 그러자 부하들도 한 사람 두 사람 떠나가 버렸다.

얼마 뒤, 탈라스가 잠에서 깨어 사방을 둘러보고 말했다.

"아니, 이놈들이 모두 어디로 갔지?"

"예, 저 장사꾼이 돈을 많이 주니까 모두 그 집으로 몰려가 버렸습니다."

"뭐라고? 내 신하들이 모두 장사꾼 밑으로 갔다고? 어찌 이럴 수가 있단 말이냐?"

탈라스는 머리를 감싸쥐었다.

"아이고, 머리야! 그러나저러나 배가 몹시 고프구나. 어서 음식을 가져오너라."

"요리사가 없습니다."

"어디로 갔는데?"

"네, 모두 부자 장사꾼 집으로 갔습니다."

"아니, 이럴 수가! 그럼 식당으로 가자. 여봐라, 마차를 가져오너라."

"마부가 없습니다."

"왜?"

"모두 장사꾼 집으로 갔습니다. 거기에서 돈을 더 많이 준다고 하니까요!"

'이것참, 야단났구나. 편히 먹고살려고 했더니 이게 무슨 꼴이람!'

탈라스는 잠자리를 치우는 일도 자기가 해야 했고, 빨래도 혼자 해야 했다. 늙은 하인 한 사람이 작은 심부름만 간신히 해 줄 뿐이었다.

"배가 고프다. 먹을 것을 좀 사 오너라."

탈라스가 늙은 하인에게 말했다. 하는 수 없이 늙은 하인이 먹을 것을 사러 나갔다.

"여보시오, 빵 좀 주시오. 우리 임금님이 잡수실 거요."

늙은 하인이 빵 가게 주인에게 말했다. 그러자 주인이 어깨를 으쓱해 보이며 말했다.

"빵은 부자 상인이 모두 샀습니다. 그래서 우리 식구들이 먹을 것도 모자랄 지경이라오."

늙은 하인은 어이가 없어 밀가루 포대를 가리키며 따졌다.

"저기 있는 밀가루로 또 구우면 되지 않소. 급하니까 빨리 좀 구워 주시오."

"물론 굽지요. 하지만 저 밀가루도 이미 팔렸소."

'아, 이 빵 가게도 역시 장사꾼 손아귀에 들어갔구나.'

늙은 하인은 아무것도 사지 못한 채 빈 바구니만 들고 궁궐로 돌아왔다. 탈라스는 이를 갈았다.

'으음, 그 장사꾼이란 놈을 절대로 용서할 수 없다.'

탈라스는 며칠을 궁리한 끝에 드디어 결심을 했다. 탈라스가 그 장사꾼을 불러 명령을 내렸다.

"너는 나를 못살게 하고 있다. 어서 빨리 이 나라를 떠나기

바란다."

"좋소. 떠나겠소!"

이상하게도 장사꾼은 선뜻 떠난다고 했다.

'그것참, 이상한 일이로다. 이럴 줄 알았으면 진작 떠나라고 할 것을…….'

탈라스는 고개를 갸웃거렸다. 장사꾼은 수백 대의 짐수레를 끌고 국경선 밖으로 집을 옮겼다. 탈라스는 그제야 마음을 놓았다.

그러나 늙은 악마는 나라 바로 밖에서 여전히 같은 일을 했다. 필요한 물건을 모두 탈라스의 나라에서 사들였다. 탈라스의 백성들은 전과 같이 악마에게 많은 돈을 받고 계속 물건을 갖다 주었다. 탈라스는 장사꾼을 내쫓기는 했지만 여전히 먹을 것을 살 수 없었다. 옷도 신발도 모두 살 수가 없었다.

'아니, 그놈을 나라 밖으로 쫓아내나 쫓아내지 않으나 마찬가지가 아닌가?'

탈라스는 죽을 지경이었다. 그러다가 문득 형 세미온을 떠올렸다.

'그렇지, 내가 왜 미처 그 생각을 못 했을까? 형이 있잖아. 형은 군사가 많잖아. 당장 형에게 가서 그놈의 장사꾼을 쫓아

달라고 해야지.'

그때였다.

"여보시오, 누구 없소?"

'아니, 형님의 목소리잖아? 안 그래도 찾아가려고 했는데, 잘됐다.'

탈라스는 반갑게 달려 나갔다.

"아니, 형님! 도대체 어떻게 된 일입니까?"

탈라스는 형을 보고 깜짝 놀랐다. 몰라볼 정도로 야위었기 때문이었다.

"정말 분하고 원통하다. 나는 인도 군대에 참패를 당했어. 날 좀 도와줘야겠다."

탈라스는 고개를 푹 숙였다.

"형님, 나도 이젠 꼼짝없이 굶어 죽게 되었습니다. 돈이 있으면서도 굶어 죽게 되다니 세상에 이런 일도 있습니까?"

탈라스는 울음 섞인 목소리로 울부짖었다.

"으하하하! 두 놈 다 폭삭 망했구나. 꼴좋다!"

늙은 악마는 두 형제의 신세타령을 듣고 통쾌하게 웃었다.

'이번에는 바보 이반 녀석을 혼내 줘야지.'

늙은 악마는 다시 군인으로 변하여 이반을 찾아갔다. 그리고는 세미온에게 한 것처럼 꾀기 시작했다.

“임금님, 나라에 훌륭한 군대가 없으면 임금님답지 못합니다. 군대가 있어야 나라도 지킬 수 있지 않습니까? 제게 명령만 내리시면 백성들 가운데서 병사를 뽑아 세상에서 가장 강한 군대를 만들어 드리겠습니다.”

“쓸데없는 소리 그만하시오.”

이반은 한마디로 거절했다.

“아닙니다, 이반 임금님! 군대가 많으면 여러 가지 좋은 일이 많이 생깁니다. 제발 군대를 만드십시오. 훈련은 제가 시키겠습니다.”

악마가 하도 끈질기게 꾀자 이반은 그만 귀찮아졌다. 이반은 마지못해 승낙을 했다.

“듣고 보니 그대의 말도 그럴듯하구려. 그렇지만 나는 싸우는 군대는 싫소. 노래하는 군대를 만들어 주기 바라오. 나는 노래를 좋아하니까.”

악마는 이상한 생각이 들었지만 온 나라를 두루 다니면서 군사를 뽑기 시작했다.

“누구라도 군사가 되면 이 술과 빨간 모자를 주겠소. 군사가 되시오. 군사!”

만나는 사람마다 군사가 되라고 꾀었다. 그러나 백성들은 하나같이 고개를 저었다.

“술은 집에서 얼마든지 만들어 먹으니 필요 없어요. 모자도 집에 많이 있는데 무엇 때문에 군대까지 가서 모자를 얻어 써야 하지요?”

아무리 꾀어도 군사가 되겠다는 사람은 하나도 없었다. 늙은 악마는 제 뜻대로 되지 않자 노발대발했다.

“너희들은 정말 바보로구나. 어쩌면 그다지도 모른단 말이냐? 만약 너희들이 군대에 가지 않으면 임금님한테 혼이 나고 모두 죽게 된다고. 모두 사형이란 말이다, 사형!”

그러자 사람들이 이반을 찾아왔다.

“임금님, 어떤 장군이 와서 우리들에게 모두 군사가 되라고 합니다. ‘군대에 가지 않으면 이반 임금님이 모두 사형에 처한다.’고 하는데, 그게 정말입니까?”

“허허!”

이반은 어이가 없다는 표정으로 웃었다.

“아니, 왜 웃으십니까?”

“여러분, 내가 무엇 때문에 여러분을 죽이겠소? 나는 군대가 왜 필요한지 아직도 잘 모르는 사람이오. 나는 우리 백성들을

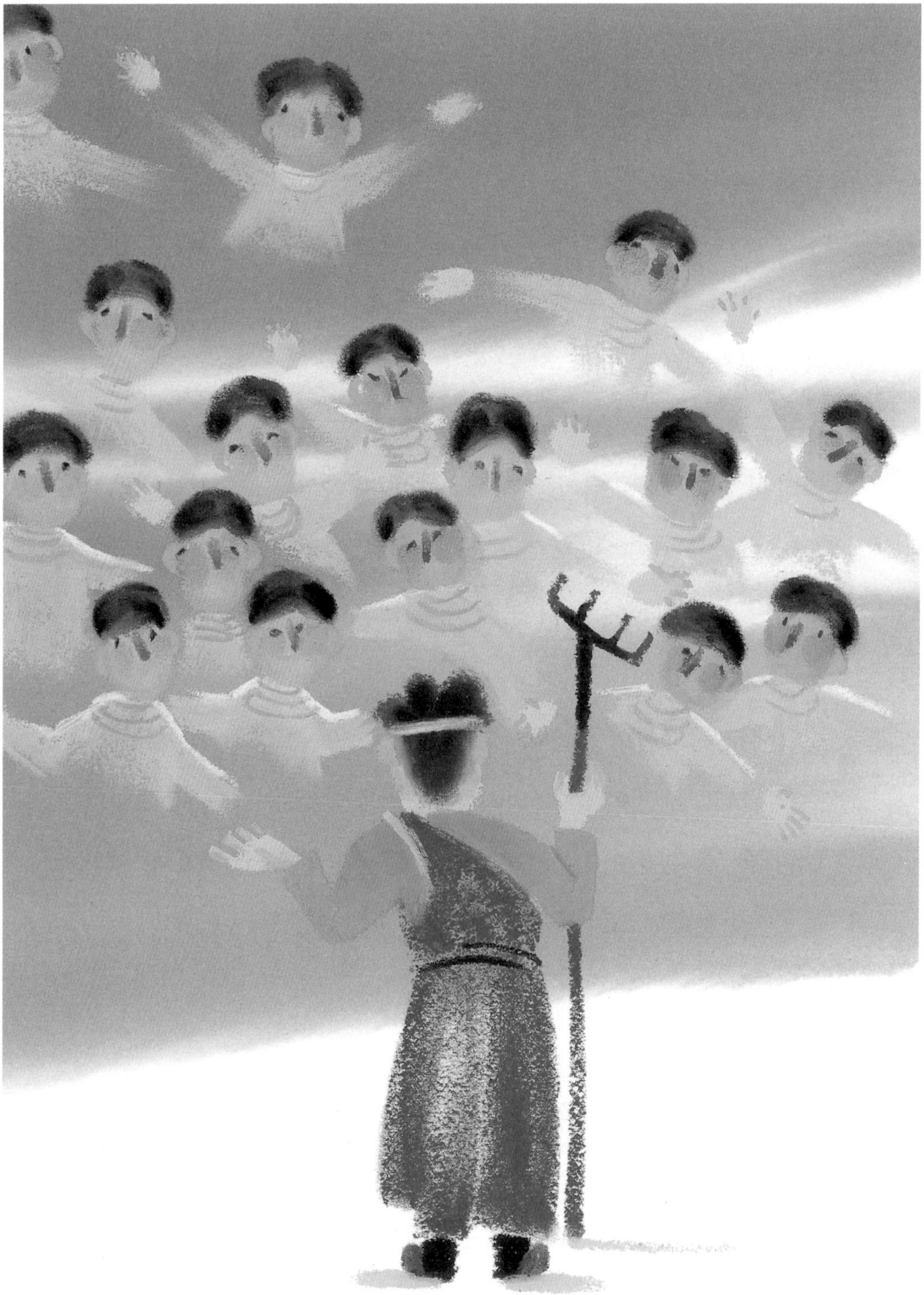

절대로 죽이지 않소. 백성이 없다면 어찌 나라가 있을 수 있겠소?"

이반이 고개를 저었다.

"그럼 그렇지, 역시 우리 임금님은 달라!"

"그래, 우리는 군사가 되지 말자. 사람을 죽일 수는 없다."

백성들이 큰 소리로 떠들었다. 다시 이반 왕이 나섰다.

"그러시오. 나는 여러분에게 싫어하는 일을 억지로 하라고 하지는 않소."

"그럼 그렇지, 우리 임금님은 우리를 함부로 죽이지 않아! 백성을 위하는 임금님이야."

이 모습을 본 늙은 악마는 고개를 저었다.

'이반 때문에 되는 일이 없군. 이 바보들을 군사로 만들지 못하면 내 계획이 어긋나는데…….'

늙은 악마는 얼굴을 찡그리며 이를 갈았다. 이반은 백성들과 어울려 밭일만 열심히 했다. 이반과 백성들의 웃음소리가 온 나라를 채웠다.

"하하하!"

"허허허!"

싸우지 않고도 이기기

군대를 만들려다가 실패하여 화가 난 늙은 악마는 이번에는 학자로 변장을 했다. 수염을 길게 늘어뜨리고 두꺼운 책을 들고는 이웃에 있는 타라칸이라는 나라를 찾아갔다. 늙은 악마는 타라칸 왕에게 은근히 이반을 헐뜯으며 이렇게 꾀었다.

"이반의 나라를 치는 것이 어떻습니까? 이반 왕의 나라는 땅이 기름져서 농사가 잘됩니다. 그리고 가축도 잘 자랍니다. 그 나라만 차지한다면 먹을 것 때문에 걱정을 하는 일은 없어질 것입니다."

"그래? 그대는 어떻게 그 나라를 그토록 잘 아는가?"

"네, 저는 그 나라에서 높은 벼슬자리에 있었습니다. 그렇지만 임금이 바보 같아서 제 말을 잘 들어주지 않았습니다. 그래서 이리로 오게 된 것입니다."

"으음, 그렇다면 그대 말대로 한번 해 볼까?"

타라칸 왕은 이반의 나라를 치기로 했다.

"자, 기름진 나라를 빼앗으러 간다. 모두 모여라."

타라칸 왕은 급히 군사를 모으고 총과 대포를 갖추어 이반의 나라로 쳐들어갔다. 그러나 이반의 나라에는 국경을 지키는 군사가 한 사람도 없었다. 푸른 들판에는 양 떼들이 한가로이 풀을 뜯고, 귀리를 베며 열심히 일하는 농사꾼들만 눈에 띌 뿐이었다. 타라칸 왕의 군대는 싸움도 하지 않고 단숨에 이반 왕의 나라로 넘어 들어왔다. 깜짝 놀란 백성들이 이반에게 달려갔다.

"임금님, 큰일 났습니다. 타라칸 군대가 쳐들어왔습니다."

"우리 곡식을 모조리 빼앗고 사람도 마구 죽일 것입니다."

백성들은 잔뜩 겁을 집어먹고 안절부절못했다.

"그래요? 싸우지 말고 가만히 내버려 두시오."

이반은 조금도 놀라지 않고 태연하게 말했다. 싸울 생각도 하지 않았다.

"지금 우리 군대로는 저들을 이길 수 없으니 군사를 더 많이

뽑아야 하지 않겠습니까?"

신하들이 걱정했다. 그러나 이반은 여전하였다.

"우리가 군사를 더 뽑아 싸우면 많은 사람들이 죽게 될 것이오."

"그럼 어떻게 하지요?"

"음식을 달라고 하면 음식을 주고, 가축을 달라고 하면 가축을 나누어 주시오. 싸우지 말고 우리 모두 같이 일하며 함께 살자고 말하시오."

"알겠습니다."

백성들은 편안한 얼굴로 돌아갔다.

타라칸 왕은 고개를 갸웃거렸다.

"이상하다. 우리가 쳐들어왔는데 왜 꼼짝도 하지 않는 거지? 여봐라, 함정일지 모르니 잘 찾아보아라."

"아무리 찾아도 적군이라고는 한 사람도 없습니다."

"그것 참 희한한 일이로구나."

타라칸 왕의 병사들은 이 마을 저 마을에서 백성들의 재산을 빼앗기 시작했다. 곡식도 빼앗고 가축도 빼앗았다. 그러나 사람들은 아무도 대항하지 않았다. 오히려 곡식과 가축을 더 내놓았다.

"자, 여기 더 있습니다. 우리는 올해 농사가 잘되어 먹고도 남습니다. 얼마든지 더 가져가십시오."

타라칸의 군대는 계속하여 다음 마을로 나아갔다. 어느 마을을 가도 반항하는 사람이 없었다. 오히려 집을 줄 테니 자기네 마을에서 같이 살자고 했다.

"여보시오, 병사 양반들! 혹시 당신네 나라에 먹을 것이 없어서 우리 나라로 왔다면 아예 우리 마을로 이사를 와요. 그러면 잘살 수 있을 테니까요."

"맞아요, 우리 마을로 이사를 오면 우리가 도와 드리겠소."

타라칸 왕의 병사들은 이 소리를 듣고 어이가 없어서 웃기만 했다. 그런 병사들을 바라보며 이반 나라 사람들은 도리어 불쌍하게 생각했다.

"참 불쌍한 사람들이로군. 무엇 하러 저렇게 무거운 갑옷에 무시무시한 무기를 들고 힘들게 다니는 걸까? 쯧쯧……."

"그러게 말이야. 사람들을 해치고 불까지 지른다던데, 그럼 안 되지. 사람이 어찌 그럴 수 있나? 그러지 말고 우리 나라에서 같이 살면 편하게 잘살 수 있을 텐데!"

타라칸 나라 병사들도 그 말을 들으니 맞는 것 같았다.

"그렇구나. 이렇게 평화로운 사람들을 무엇 때문에 괴롭힌단 말이냐?"

병사들은 타라칸 왕에게 돌아와 말했다.

"임금님, 도저히 싸울 수가 없습니다. 싸우려는 사람이 한 명도 없는데 어떻게 이 나라와 싸웁니까? 이제는 물러가는 게 좋을 듯합니다."

"그렇구나."

타라칸 왕과 병사들은 부끄러워하며 그만 물러가고 말았다.

'에잇, 실패로구나! 옳지, 그렇다면 탈라스에게 한 것처럼 돈으로 골탕을 먹이자.'

늙은 악마는 군대로 이반을 망하게 하려던 계획이 물거품으로 돌아가자 탈라스에게 쓴 방법을 생각해 냈다. 악마는 좋은 옷을 입고 다시 이반의 나라에 나타났다. 악마는 슬슬 백성들을 꾀기 시작했다.

"나는 당신들에게 도움이 되는 일을 하고 싶습니다. 그래서 이곳에다 좋은 집을 짓고 매우 큰 부자가 될 수 있는 지혜를 가르쳐 드릴까 합니다. 아주 재미있고 쉬운 방법이 있습니다."

그러나 이반 나라의 백성들은 아무도 그 말에 귀를 기울이지 않았다.

"우리는 먹고살 정도의 빵만 있으면 됩니다. 농사를 짓는 일

말고는 지혜도 필요 없어요. 그리고 농사짓는 일보다 재미있는 일도 없고요."

늙은 악마는 혀를 찼다.

'허, 그것참……! 모두 이반을 닮아 바보가 되더니 일만 하려고 하네.'

이튿날, 늙은 악마는 금돈이 가득 든 자루와 종이 한 장을 들고 동네 광장으로 나왔다. 지나가던 사람들이 무슨 일인가 하고 더러 들여다보기도 했다. 늙은 악마는 신사로 변장하고는 연설을 시작했다.

"여러분이 살아가는 것을 보니 개나 돼지와 다름이 없군요. 사람이란 그렇게 살아서는 안 됩니다. 좀 더 편하게 잘 먹고 잘살 수 있는데 왜 이렇게 삽니까? 자, 내가 돈을 나누어 줄 테니 나한테 와서 집을 좀 지어 주시오."

늙은 악마는 점잔을 부리며 자루에 든 금돈을 내어 보였다. 햇살을 받은 금돈은 눈이 부실 정도로 빛났다. 그것을 본 사람들이 놀라서 입을 떡 벌렸다. 금돈을 난생 처음 보았기 때문이었다.

"와, 눈이 부시네! 그런데 저걸 어디에 쓰지? 목걸이를 만들면 좋기는 하겠군."

이반의 백성들은 농사를 지어 곡식이나 채소를 서로 바꾸어 먹었기 때문에 돈이 필요 없었던 것이었다. 어부들은 고기만 잡아 오면 곡식과 채소를 얼마든지 바꾸어 갈 수 있었다. 그래서 돈이 없어도 잘 살 수 있었던 것이다.

금돈을 본 몇몇 사람들은 신기해하면서 악마로부터 금돈을 받고 일을 하기 시작했다.

"몇 개 구해다가 아이들에게 놀잇감으로 주어야지."

늙은 악마는 은근히 기뻤다.

'으흠, 이제야 뜻대로 되어 가는군. 진작 이 방법을 쓰는 건데 공연히 먼 길을 돌아왔잖아. 이반 녀석, 어디 두고 봐라. 네 형 탈라스처럼 폭삭 망하게 해 줄 테니…….'

늙은 악마는 씩 웃으며 금돈을 마구 나누어 주었다. 그러나 악마의 생각대로는 되지 않았다. 사람들은 금돈을 서너 개밖에 가져가지 않았다.

"그래, 이런 건 많아도 소용없어. 몇 개만 있으면 충분해."

"주머니에 너무 많이 넣고 다니면 무겁단 말이야."

사람들은 금돈을 장난감으로만 여겼다. 이것을 본 악마는 혀를 찼다.

"금돈을 서로 많이 차지하려고 싸움이 일어나야 하는데 전혀

그렇지 않네! 이럴 수가……!"

악마는 고개를 저었다. 금돈을 받기 위해 일을 하러 오는 사람도 점점 줄어들었다. 악마는 집을 더 지을 수가 없었다.

"여러분, 제발 이리로 와서 금돈을 받아 가세요. 그리고 집을 마저 지어 주세요."

악마는 다시 마을 사람들을 불러 놓고 부탁을 했다.

"농사일이 더 중요해요. 그래야 먹고살 수 있지요."

사람들은 나서지 않았다. 늙은 악마는 이제 힘이 다 빠졌다.

"아이고, 배고파! 금돈을 얼마든지 줄 테니 저에게 양식을 좀 파세요."

"우리는 금돈이 더 이상 필요 없어요."

일을 하러 오는 사람도, 소나 말이나 곡식을 팔러 오는 사람도 없었다. 마침내 악마는 먹을 것조차 구하지 못하게 되었다. 배가 고픈 늙은 악마는 어부를 찾아갔다.

"금돈을 드릴 테니 정어리 한 마리만 주십시오."

어부는 고개를 가로저으며 말했다.

"우리 집에는 아이들이 다 커서 금돈 같은 것이 필요 없어요. 가지고 놀 아이가 있어야 필요하지요. 보기에 좋아 나도 서너 개 가지고 있지만 더는 필요 없소."

이렇게 돌아다니다 보니 악마는 점점 더 배가 고파 견딜 수가 없었다.

'닭이나 정어리보다 우선 빵을 구해야겠다.'

악마는 닥치는 대로 아무 집에나 들어가 금돈을 주르르 쏟으며 말했다.

"금돈을 수북하게 드릴 테니 빵을 좀 파십시오."

그러자 주인인 농사꾼이 불쌍하다는 투로 말했다.

"배가 몹시 고파 보이는군요. 돈은 필요 없소. 하느님을 대신해서 내가 도와 드리겠소. 잠깐만 기다리시오. 아내에게 얼른 빵을 구워 오라고 할 테니……. 그리고 힘들게 돌아다니지 말고 열심히 농사일을 하시오. 그래야 먹고 살 수 있지요."

이 말을 들은 늙은 악마는 기가 막혀 화를 발끈 냈다.

"네 이놈, 내가 거지인 줄 아느냐? 나를 빵 쪼가리나 얻어먹는 거지 취급을 하다니! 이 많은 금화를 보란 말이야. 이 신사복이 보이지 않아? 이걸 보고도 어떻게 나를 거지 취급하느냐 말이야!"

"그럼 다른 데 가 보시오. 우린 일하는 사람에게만 빵을 주고 싶소."

도와주려다가 욕만 얻어먹은 농사꾼은 어이가 없다는 듯 그만 집 안으로 들어가 버렸다.

악마는 씩씩거리며 걸음을 옮겼다. 이 마을 저 마을 쏘다녔지만 먹을 것을 구하지는 못했다. 사람들이 늙은 악마를 보고 외쳤다.

"돈 말고 괭이나 삽을 가지고 오든지, 아니면 우리 일을 거들어 주든지 해요."

"으이그!"

늙은 악마는 가슴을 쥐어뜯었다.

"일은 죽어도 하기 싫어."

화가 난 늙은 악마는 집으로 돌아오며 꽥꽥 고함을 질렀다.

"내 이런 바보들은 생전 처음 본다. 돈보다 더 좋은 게 이 세상에 어디 있다고……. 이 바보 같은 놈들아! 바보는 정말 어쩔 수가 없어."

이때 한 노인이 이 말을 듣고 말했다.

"아무리 그래 봐도 소용없는 일이오. 우리 나라에는 세금이 없으니까 돈 쓸 일이 없소. 그저 먹고 살 만큼 곡식과 가축만 있으면 될 뿐이오."

다리도 아프고 배도 고파 지친 늙은 악마는 저녁도 굶은 채 잠자리에 들고 말았다.

손바닥에 굳은살이 없으면

이 소문은 이반의 귀에도 들어갔다. 어떤 사람이 이반을 찾아와서 말했다.

"이 일을 어떻게 하면 좋겠습니까? 우리 마을에 좋은 옷을 입은 신사 한 분이 찾아왔습니다. 그 사람은 깨끗하게 차려입고 좋은 음식을 먹기 좋아하는데 일은 죽어도 하기 싫어합니다. 게다가 자꾸 금돈만 내놓고 사람을 괴롭힙니다. 처음에는 신기해서 금돈을 받고 일도 해 주고, 먹을 것도 바꾸어 주었습니다. 그러나 이젠 더 필요하지 않기 때문에 바꾸어 주는 사람이 없습니다. 그 사람을 어떻게 하면 좋겠습니까? 그냥 내버려 두었다간 굶어 죽을 것 같은데요."

이반이 말했다.

"그것 참 이상한 일이로군. 일을 하지 않고도 밥을 먹겠다니, 어디에서 그런 사람이 생겨났을까? 그런 사람은 있을 수가 없는데, 아무리 생각해도 모를 일이로군. 그렇지만 할 수 없지. 우리가 먹여 주어야지. 굶어 죽게 할 수는 없으니 이 집 저 집 돌아다니며 먹도록 해 주시오."

그 사람은 이반의 말을 늙은 악마에게 전해 주었다. 배가 고픈 늙은 악마는 할 수 없이 집집마다 돌아다니기 시작했다. 그런데 가는 집마다 귀리 수프와 빵 두어 조각, 그리고 우유 한 잔뿐이었다. 어쩌다 달걀부침이나 구운 돼지고기가 조금 더 나올 정도였다. 그런데도 사람들은 모두 기쁜 얼굴이었다. 아무도 그 음식이 부족하다거나 나쁘다고 생각하지 않았다.

"쳇! 이걸 식사라고 먹다니……, 이런 어리석은 사람들이 있나."

늙은 악마는 투덜거렸다. 이 마을 저 마을로 돌아다니던 끝에 늙은 악마는 이반의 궁궐에서 얻어먹게 되었다.

'오늘은 궁궐에서 왕과 같이 먹게 되었으니 매우 잘 먹을 수 있을 거야.'

늙은 악마는 입을 다시며 아침 일찍 궁궐로 들어갔다.

'이상하다, 모두들 어디로 갔지? 신하도 하인도 보이지 않네.'

늙은 악마는 고개를 갸웃거리며 궁궐 이곳저곳을 기웃거렸다. 이반의 벙어리 누이동생 마리나만이 식사 준비를 하고 있었다. 창가에서 들여다보니 여느 집 음식과 전혀 다르지 않았다.

'아니, 뭐 저래? 임금이 먹는 음식도 다른 농가와 별로 다르지 않네. 돼지고기는커녕 달걀도 보이지 않는구나. 전혀 진수성찬이 아니잖아!'

늙은 악마는 실망이 되었지만 배가 고파 참을 수밖에 없었다. 마리나는 노래를 불러 가며 음식을 준비했다.

"아아, 으으, 아."

'오늘도 이 음식을 먹고 부지런히 일해야지. 그런데 가끔씩 일도 하지 않고 남보다 일찍 와서 음식을 먹어 치우는 사람들이 있단 말이야. 그런 놈들은 혼이 나야 해. 오늘도 어제처럼 음식을 주기 전에 먼저 손바닥을 살펴보아야지. 일을 많이 해서 굳은살이 박여 있으면 음식을 주고, 그렇지 않으면 주지 말아야겠어. 그래야 부지런한 사람이 되지. 나라도 더 튼튼해지고.'

마리나는 이렇게 생각하며 음식을 접시에 담았다. 그때였다. 배가 고픈 늙은 악마가 맨 먼저 식탁 앞에 털썩 앉았다. 마리나는 늙은 악마의 손을 만져 보았다.

"어어?"

늙은 악마는 영문을 몰라 손을 뒤로 빼려고 했다.

'말랑말랑한 것이 일을 제대로 하지 않았어. 굳은살도 없고 손톱이 몹시 길어. 이런 사람은 게을러. 이런 사람에게는 음식을 줄 수 없어.'

벙어리 누이동생은 악마의 손을 뿌리치고 음식을 주지 않았다. 잔뜩 기대를 하고 있던 악마는 여간 실망스럽지 않았다.

'왜 음식을 주지 않고 나를 밀어내는 거지?'

늙은 악마는 애가 타서 마리나를 바라보았지만, 마리나는 고개를 저었다. 그때 이반과 함께 식당으로 들어오던 왕비가 그것을 보고 웃으며 말했다.

"손님, 미안합니다. 우리 궁궐에서는 손에 일한 흔적이 없는 사람은 식탁에 먼저 앉히지 않습니다. 일을 한 사람에게만 음식을 줍니다. 그러니 조금만 기다려 주세요. 우리가 먹고 남겨 드릴 테니 그때 잡수시도록 하세요."

늙은 악마는 또 화가 났다.

'아니, 궁궐에까지 왔는데 먹다 남은 것을 먹으라니……! 이건 순전히 나를 개나 돼지처럼 다루는군.'

늙은 악마는 화가 나서 울부짖었다.

"정말 이 나라 사람들은 임금을 닮아 모두가 바보야. 무엇이

든지 일만 최고로 알고 있어, 일만!"

그래도 이반은 빙긋이 웃기만 할 뿐 아무 대꾸도 하지 않았다. 분이 덜 풀린 늙은 악마는 연신 중얼댔다.

"정말이야. 이반은 처음부터 바보였으니까 어쩔 수 없겠지만, 멀쩡한 사람들마저 이반을 따라 바보가 되고 말았어. 정말 한심한 일이야. 그리고 모두 손으로만 일하는 것으로 아는데 똑똑한 사람은 머리로 일한다는 것을 왜 모르지?"

마침내 이반이 껄껄 웃으며 대답했다.

"우리 같은 바보는 그런 건 잘 모르오. 우리는 손하고 어깨, 허리를 가지고 일하오. 그래도 잘 먹고 잘 살고 있소."

"그건 당신네들이 지독한 바보이기 때문이오. 내가 머리로 일하는 방법을 가르쳐 드리지요. 그러면 손으로 일하는 것보다 훨씬 많은 일을 할 수 있다는 것을 알게 될 것이오."

이반은 이 말을 듣고 매우 기뻐했다.

"그래요? 머리만 가지고도 곡식을 거둘 수 있다고요? 그것 참, 신기한걸!"

이반은 바보라는 소리를 듣고도 화를 내지 않고 고개를 끄덕였다. 이것을 본 늙은 악마는 용기가 났다.

"물론 머리로 일하는 것도 그리 쉽지는 않습니다. 당신네들은 내 손에 굳은살이 없다고 먹을 것도 주지 않지만, 머리로 일하는 것이 백배나 더 어렵다는 것을 몰라서 그러는 겁니다. 내가 앞으로 가르쳐 드리겠소."

"그렇다면 나도 배우지요. 제발 우리 바보들에게 머리 쓰는 방법을 가르쳐 주시오. 우리도 손이나 등 대신 머리를 쓰면 훨씬 힘이 덜 들겠지요."

"물론입니다. 사람들을 많이 모아 주십시오."

늙은 악마는 속으로 만세를 불렀다.

'이 나라 백성들을 모두 게으름뱅이로 만들어야지.'

이반은 바로 온 나라에 방을 붙였다.

"어떤 신사가 와서 머리로 일하는 방법을 가르쳐 주겠다고 하니 백성들은 모두 배우러 오기 바라노라. 손으로 일하는 것보다 머리로 일을 하면 더 편리할 수도 있을 것이다."

백성들은 이반 임금의 말씀이라 서슴지 않고 모여들었다. 이반의 대궐 앞에는 큰 망루가 하나 있었다. 그 망루에 올라서면 여러 마을과 사람들을 한꺼번에 내려다볼 수 있었다. 이반이 신사로 변장한 늙은 악마에게 말했다.

"저 위에 올라가면 모든 사람들을 잘 볼 수 있을 것이오. 어서 올라가 머리로 일하는 법을 가르쳐 주시오."

늙은 악마는 높은 망루에 올라서서 열을 올리기 시작했다.

"에에, 손을 쓰지 않고 머리로 일을 하려면……, 에에."

사람들은 고개를 높이 쳐들고 늙은 악마를 열심히 쳐다보았다. 늙은 악마는 옷차림은 말쑥했지만 정신은 오락가락하는 듯했다. 말까지 제대로 나오지 않아 더듬거렸다. 사람들은 몹시 궁금해했다.

'손을 쓰지 않고 머리를 써서 무슨 일을 할 수 있지?'

늙은 악마는 계속 더듬댔다.

"에, 손으로 일하지 않고 머리로 일한다는 것은, 에, 또……. 그러니까 여러분, 일을 너무 하면 안 됩니다. 많이 놀아야 합니다. 일만 하고 놀지 않으면, 에, 또……."

늙은 악마는 계속 같은 말만 자꾸 늘어놓았다. 사람들은 무슨 말을 하는지 하나도 알아들을 수 없었다. 열심히 쳐다보아도 고개만 아프고 재미가 없자 한두 사람씩 돌아가기 시작했다.

"뭐 하는 거야? 바쁜 사람을 불러다 놓고, 왜 머리로 일하는 모습은 보여 주지 않고 떠들기만 하는 것이지?"

"에이, 시시해! 일만 밑졌네."

농사꾼들은 투덜거리면서 하나둘씩 돌아가 버렸다. 끝까지 남은 몇몇 사람들도 무슨 말인지 몰라 눈만 멀뚱멀뚱 쳐다보고 있었다. 그런데도 늙은 악마는 계속 떠들어 댔다.

"에, 머리로 일을 하십시오. 많이 놀고……."

늙은 악마는 그날 종일 지껄였다. 또 다음 날도 떠들어 댔다.

"에, 머리를 쓰면……."

늙은 악마는 배가 고팠다.

'저 사람은 머리를 잘 쓰는 사람이니까 먹을 것쯤은 머리로 쉽게 만들어 낼 거야.'

사람들은 망루 위로 먹을 것을 갖다 줄 생각은 아예 하지도 않았다.

늙은 악마는 나흘째도 악을 써 가며 떠들어 댔다. 사람들은 아침에 와서 잠시 바라보다가는 다시 일터로 가 버렸다.

이반은 늙은 악마에게 갔다 온 사람들에게 물어보았다.

"어때? 그 사람은 머리로 일을 잘 하던가?"

"아직은 말만 하고 있습니다."

"왜 빨리 머리로 일하지 않고 말만 하고 있을까? 자, 우리는 그만 일을 하러 가자."

이반은 일터로 나갔다. 일을 열심히 하느라 악마에 대해서는 까맣게 잊어버리고 말았다.

늙은 악마는 버티고 버티었지만 마침내 맥이 풀려 비틀거리기 시작했다. 배도 고프고 기운도 빠졌다. 눈이 팽팽 돌아 머리가 아찔해졌다. 그 바람에 그만 옆에 있는 기둥에 머리를 부딪치고 말았다.

'아, 저 사람이 이제야 머리로 일을 하는 모양이다.'

그것을 본 사람들이 급히 달려가 왕비에게 알렸다.

"왕비님, 그 사람이 이제 막 머리로 일을 시작했습니다."

"그래, 그럼 임금님께도 알려 드리도록 하자."

왕비는 이 소식을 밭에서 일하고 있는 이반에게 알렸다.

"함께 가서 보시지요. 그 사람이 드디어 머리로 일을 시작한 모양이에요."

이반이 미소를 지으며 말했다.

"그래요? 빨리 가 봅시다."

이반은 왕비와 함께 급히 달려가 망루를 쳐다보았다. 과연 늙은 악마는 신사복 차림으로 비틀거리며 기둥에 머리를 쿵쿵 들이받고 있었다.

"머리로 일을 한다더니 그냥 머리를 기둥에 박고 있잖아! 저러면 머리가 몹시 아플 텐데……."

이반이 걱정스러운 듯 중얼거렸다. 그때였다. 늙은 악마는 기둥에 머리를 쿵쿵 세게 박다가 그만 잘못하여 아래로 굴러 떨어지고 말았다.

“으아악!”

그 순간 신사는 본래 모습인 늙은 악마로 변했다.

“아니, 이놈은 전에 나타났던 그 악마 놈이잖아!”

이반이 흙발로 악마를 밟아 누르려 했다.

그런데 악마가 땅바닥에 쿵 하고 떨어진 곳이 쭉 갈라졌다. 악마는 그 틈새로 쑥 빠져 들어갔다.

“이놈, 땅속에서 다시는 나오지 마라. 다시

나오면 하느님께서 큰 벌을 내리실 것이다."

"뭐, 하느님이라고!"

악마는 '하느님'이라는 말에 크게 놀라 땅속으로 더 깊이 들어가고 말았다. 그 자리에는 제법 큰 구멍 하나가 빠끔하게 생겼다. 이반은 그 구멍을 보자 비로소 모든 것을 알았다는 듯 머리를 끄덕끄덕하며 중얼거렸다.

"아, 이놈도 악마였구나! 몸집이 크고 튼튼한 것을 보니 이놈은 그 두목이 틀림없어."

이렇게 하여 작은 세 악마들은 물론 대장인 늙은 악마도 모두 이반을 당하지 못하고 땅속 깊숙이 도망치고 말았다.

"아, 기분 좋다! 그 말썽쟁이들이 없어지니 매우 상쾌하구나. 럴럴러!"

이반은 기쁨에 겨워 콧노래를 불렀다.

"랄랄라! 랄랄라!"

왕비도 노래를 불렀다.

"룰루랄라, 룰루랄라!"

밭에서 일하던 사람들도 모두 노래를 불렀다. 노인들도 노래를 부르고, 아이들도 노래를 불렀다.

새로운 나라

이 소문을 들은 사람들이 이반의 나라로 찾아왔다. 그중에는 악마들에게 당해 쫄딱 망한 맏형 세미온과 둘째 형 탈라스도 있었다.

"미안하다, 이반아!"

두 형수도 이반에게 와서 용서를 빌었다.

"도련님, 미안해요!"

"괜찮습니다. 사람은 누구나 실수를 하는 법이잖아요."

이반은 모두 용서해 주었다. 이때, 한 농부가 이반에게 달려와 아뢰었다.

"임금님, 큰일 났습니다. 멀리 들판에서 군사들이 달려오고

있습니다."

"그래요?"

그러자 한 대신이 농부에게 물었다.

"어느 쪽에서 오고 있는가?"

"타라칸 나라 쪽입니다."

"그럼 타라칸 나라의 군사들이 아니냐?"

"네, 그렇습니다. 완전히 물러간 줄 알았는데 다시 쳐들어오나 봅니다."

"으음, 그렇다면 우리도 빨리 전쟁 준비를 해야겠구나."

대신은 이반을 돌아보며 아뢰었다.

"임금님, 이러고 있을 때가 아닙니다. 우리도 빨리 전쟁 준비를 해야 합니다."

그러나 이반은 느긋하게 말했다.

"아니요, 좀 더 기다립시다. 새벽같이 달려오느라 배가 몹시 고플 것이오. 우선 먹을 것을 좀 나누어 줍시다."

"그건 말도 안 됩니다. 우리 나라를 침략한 적군에게 어떻게 먹을 것을 갈라 준단 말입니까?"

대신은 발을 동동 굴렀다.

"허, 거참 병사들은 사람이 아니오? 누구나 배가 고픈 법이오. 밥을 먹고 나면 저들도 생각이 달라질 것이오."

이반과 대신들은 모두 망루로 올라갔다. 타라칸 나라 쪽을 바라보니 들판에 먼지가 하얗게 피어오르고 있었다.

"저 정도 거리라면 아직 한나절은 더 있어야 이곳에 도착할 것입니다. 시간은 충분합니다. 지금부터 곳곳에 병사들을 숨겨 놓았다가 일제히 달려들면 타라칸 군대는 풍비박산 나고 말 것입니다. 더구나 우리에게는 군사를 많이 지휘해 보신 세미온 장군님이 계시지 않습니까?"

대신은 세미온을 돌아다보며 열을 올렸다. 빨리 나서 달라는 눈빛이었다. 세미온은 주먹을 쥐며 나설 듯 말 듯 했다. 그때였다. 이반이 고개를 저으며 말했다.

"아니요, 한나절이면 저들에게 먹일 빵을 충분히 구울 수 있소. 어서 빵이나 구웁시다."

그러나 대신들은 여전히 찜찜한 듯이 말했다.

"이러다가는 나라를 빼앗기고 맙니다. 그렇게 되면 많은 사람이 죽습니다."

"아니요, 전쟁을 하면 더 많은 사람들이 죽게 되오."

"나라를 빼앗기면 임금님 자리도 빼앗깁니다."

"하하하, 임금 자리가 뭐 그리 중요하다고 그걸 걱정하오?

나는 백성들이 잘 살아갈 수만 있다면 지금 당장 이 자리를 내놓을 수도 있소."

"……."

이반의 말에 대신들은 모두 입을 다물 수밖에 없었다. 이반은 앞장서서 밀가루 창고로 갔다. 그러고는 밀가루 포대를 꺼냈다. 그러자 몇몇 대신들은 도망칠 궁리를 했다.

'여기서 이렇게 꾸물대다가는 난폭한 타라칸 군사들에게 죽임을 당하고 말 거야. 어서 도망쳐야 해.'

세미온과 탈라스도 걱정이 되어 얼굴빛이 어두워졌다.

'도망쳐야 하나, 말아야 하나?'

그런데 이반이 손수 밀가루를 반죽하며 조용히 이야기를 꺼내었다.

"모두들 안심하시오. 옛날 어느 곳에 한 나라가 있었어요. 이 나라 사람들도 전쟁을 싫어했소. 그래서 대포를 헛간에 집어넣고 쓰지 않았어요. 몇 해 뒤, 그걸 안 이웃 나라에서 쳐들어왔지요. 그제야 부랴부랴 대포를 꺼내 보니, 글쎄 대포 입에는 거미줄이 쳐져 있고, 심지어 아래쪽에는 어떻게 기어 들어갔는지 오리들이 둥지를 틀고 알을 잔뜩 낳았더래요."

"그럼 전쟁이 안 되겠는데!"

탈라스가 걱정을 했다.

“그럴 때에는 빨리 오리들을 끄집어내고 언덕으로 끌고 가서 대포 쏠 준비를 해야 해!”

세미온이 열을 올렸다.

“잠깐만, 형님! 그러면 오리는 어떻게 되나요?”

이반이 고개를 갸우뚱하며 물었다.

“그야, 오리들은 쫓겨나야지. 전쟁 중인데 오리가 문제야?”

“아니지요, 형님! 오리도 살아 있는 생명인데 마구 쫓아내면 어떻게 합니까?”

“전쟁 중인데 오리 몇 마리쯤이야 상관없지!”

“오리 몇 마리라니요? 오리가 알을 품고 있는데 마구 끄집어내 버리면 수많은 알이 깨어져서 목숨을 잃게 되잖아요?”

“그러면 전쟁에서는 지게 되는 것이지!”

세미온이 두 손을 번쩍 들고 항복하는 시늉을 했다.

“그런데 그 나라에서는 대포를 끄집어내지 않고도 전쟁에 이겼대요.”

이반이 여전히 밀가루를 반죽하며 대답했다.

“어떻게?”

“대포를 쏘아야 하는 데까지 왔는데도 대포를 쏘지 않자 적군들이 '거참, 이상하다. 아무래도 무슨 함정이 있는 모양이다.' 하며 물러갔대요. 그러고는 몰래 정탐꾼을 보내왔어요. 정탐꾼이 와 보니 병사들이 대포 속의 오리들에게 빌고 있더래요. '야, 제발 좀 나가 다오. 너희들 때문에 대포를 쏠 수 없잖아. 우리 임금님은 인자하셔서 전쟁에 지는 한이 있더라도 너희들을 억지로 끄집어내고 대포를 쏘는 일은 없도록 하라고 하셨어. 그러니 너희들이 제발 좀 스스로 나가 주면 좋겠다.' 하면서 말이에요. 적군의 정탐꾼들은 '하하하, 어리석은 것들!' 하면서 돌아가 왕에게 그대로 전했대요. 그랬더니……."

"그랬더니?"

"그 이야기를 들은 왕도 웃으며 '당장 달려가 모두 싹 쓸어버려라.' 하고 명령을 내렸대요. 그런데 병사들은 꼼짝도 하지 않았어요."

"아니, 왜?"

"병사들은 '아, 우리도 그런 평화스러운 나라에서 전쟁 없이 살고 싶다. 오리 목숨을 귀하게 여기는 임금님이라면 사람의 목숨은 얼마나 귀하게 여기겠어? 우리는 가는 곳마다 사람을 죽이고 집을 불태워 원망을 듣고 있는데, 오리를 쫓아내지 않는 임금님 밑에서라면 끔찍한 일도 그만큼 줄어들 거야. 우리 모두 항복하러 가자.' 하면서 병사들이 모두 항복했던 거예요. 임금 혼자 남았으니 전쟁을 할 수가 없었지요. 마침내 임금도 항복을 하고 말았대요. 그런 걸 보면 전쟁은 총과 대포로만 하는 것이 아니잖아요?"

이반은 밀가루 반죽을 모두 마치고 빵을 굽기 시작했다.

"임금님, 적군이 매우 가까워졌습니다."

망루에서 병사가 외쳤다.

"알겠다. 우리는 빨리 빵이나 굽자."

이반은 서둘러 빵 굽기를 마쳤다. 적군이 이반 나라의 성벽을 에워쌌다.

이반이 외쳤다.

"성문을 열어라!"

"네에?"

병사들이 어리둥절하여 고개를 갸웃거렸다.

"안 됩니다, 임금님! 지금 문을 열면 적군이 성안으로 달려들어와 사람을 마구 죽일 것입니다."

"그렇지 않다. 이 빵 냄새를 맡으면 반드시 적군들의 마음이 달라질 것이다. 자, 모두 무기를 내려놓고 빵 소쿠리를 들고 따라오너라."

이반이 빵 소쿠리를 들고 성문으로 나섰다. 병사들도 모두 빵 소쿠리를 들고 따라 나갔다.

“우하하! 이반 왕은 겁쟁이라더니 정말이로구나. 문이란 문은 다 열어 놓고!”

적군 대장이 큰 소리로 외치다 말고 멀뚱해하였다. 이반 왕이 직접 빵을 들고 나타났기 때문이었다. 뒤따라 나오는 병사들도 무기는 하나도 들지 않고 있었다.

“아니, 지금 전쟁 중이라는 것을 모르나 보구나! 으하하하!”

적군 대장이 총을 이반에게 겨누었다.

“저, 그러지 말고 이리 와서 같이 식사나 합시다. 먼 길 오느라 시장하셨을 테니!”

이반이 적군 병사들에게 빵을 나눠 주기 시작했다. 적군 병사들은 총을 내리고 빵을 받아먹었다. 적군 병사들이 빵을 받자 적군 대장도 엉거주춤한 자세로 이반에게 다가왔다.

“무엇 때문에 쳐들어왔소?”

이반이 빵을 건네며 물었다.

“그게……, 우리 임금님의 명령으로…….”

“당신은 사람을 마구 죽이는 전쟁이 좋소?”

“그렇지는 않습니다.”

"혹시 땅이 부족해서 쳐들어왔소? 그렇다면 우리 땅에다 농사를 지으시오."

"……."

적군 대장이 머뭇거렸다. 그때였다.

"와아!"

적군 병사들이 함성을 질렀다.

"그게 정말입니까? 여기 함께 살아도 됩니까?"

"정말로 농사지을 땅을 나누어 주십니까?"

적군 병사들이 이반에게 달려와 물었다.

"물론이오. 게으름 피우지 않고 부지런히 일하는 사람이라면 누구든지 환영합니다."

"그렇다면 우리 모두 무기를 버리고 이곳에서 괭이를 잡고 일합시다. 그러면 사람을 죽이지 않아도 됩니다."

적군 병사 하나가 일어나 큰 소리로 외쳤다. 적군 병사들은 모두 무기를 내던졌다.

"얼른 집으로 가서 부모님을 모셔 와야겠다."

"나는 집사람과 아이들도 데리고 와야지."

"그러시오. 부지런히 함께 농사를 지으면 굶고 살지는 않을 테니……."

이반이 고개를 끄덕였다.

적군 병사들은 이반 병사들과 어울려 어깨동무를 하고 덩실 덩실 춤을 추었다. 이반 나라의 백성들도 모두 집 안에 숨어 있다가 아군이 적군 병사들과 웃으며 어울리자 밖으로 나왔다. 백성들은 잠시 어리둥절하여 이반을 바라보았다. 이반은 백성들과 적군 병사들을 함께 바라보며 외쳤다.

“우리 나라에서는 일만 하면 무엇이나 얻을 수 있습니다. 마음껏 가져다 쓰십시오. 우리 나라에는 단 하나의 법만 있을 뿐입니다. 그것은 손에 굳은살이 박이지 않은 사람은 식탁에 앉지 못하고 남이 먹다 남긴 찌꺼기만 먹어야 한다는 것입니다. 그것밖에는 아무것도 없습니다. 세금도 없습니다.”

백성들과 적군 병사들이 함께 만세를 불렀다.

“야호! 이반 임금님, 만세!”

“만세! 만세!”

모든 사람들이 기뻐했다. 그 뒤 사람들이 하나둘씩 자꾸만 모여들어 이반의 나라는 점점 큰 나라로 변해 갔다. 이반은 지금도 부지런히 일을 하며 잘 살고 있다고 한다.

톨스토이 단편 모음

★ 똑같은 유산

★ 행복한 사람의 셔츠

★ 신비한 찻잔

★ 악마의 유혹

★ 오두막과 궁전

★ 늑대 대장의 죽음

★ 황제와 농부

똑같은 유산

어떤 상인에게 아들이 둘 있었다.

'앞으로 맏이가 우리 집을 대표해야 할 테니 맏이에게 나의 재산을 모두 물려주어야겠다.'

상인은 큰아들에게 모든 재산을 물려주려고 했다.

그러자 어머니는 작은아들이 마음에 걸렸다.

'그럼 불쌍한 둘째는 무얼 먹고 살아가나? 몸도 약한데…….'

어머니는 작은아들이 걱정되어 잠을 이룰 수 없었다.

"여보, 둘째에게도 좀 나누어 주어야지요."

"그건 둘째가 알아서 할 일이오."

상인은 퉁명스럽게 말했다. 어머니가 애원을 했다.

"그럼, 물려줄 때 주더라도 아직은 말하지 마세요. 둘째가 그 말을 들으면 얼마나 가슴 아프겠어요."

"음, 알겠소."

상인은 마지못해 대답했다. 시간을 번 어머니는 그 사이에 어떻게 해서든지 두 아들에게 재산을 똑같이 나누어 주고 싶었다. 다행히 상인은 맏이에게만 재산을 물려준다는 말은 하지 않았다.

어머니는 자나 깨나 걱정이 되어 일이 손에 잡히지 않았다. 하루는 마당에서 일을 하다 말고 주저앉아 남편의 마음을 돌릴 방법을 골똘히 생각하고 있었다. 이때였다.

"물을 좀 얻어먹읍시다."

흰 옷을 치렁치렁하게 입은 순례자 한 사람이 마당으로 들어서며 물을 청했다.

"어서 오십시오, 순례자님."

어머니는 순례자를 반갑게 맞아 주었다. 마당으로 들어선 순례자는 여러 곳을 다니며 학식을 많이 쌓은 노인이었다.

"무슨 생각을 그리 하고 계시오? 보아하니 큰 걱정이 있는 것 같습니다."

어머니는 얼른 차를 따라서 내밀며 말했다.

“네, 정말 어려운 일이 생겼습니다. 저에게는 두 아들이 다 똑같은데, 남편은 맏이에게만 모든 재산을 물려주고, 둘째에게는 아무것도 주려 하지 않습니다. 나에게 둘째 아들을 도울 수 있는 좋은 생각이 떠오를 때까지는 아무 말도 하지 말라고 남편에게 부탁은 했지만, 저에게 돈이 없으니 어떻게 해야 할지 모르겠습니다.”

한참 고개를 끄덕이던 순례자가 웃으며 말했다.

“너무 슬퍼하지 마시오. 방법이 있습니다. 맏아들이 모든 재산을 차지하고, 작은아들은 아무것도 받지 못하게 될 거라고 지금 아들들에게 말씀하시오. 그러면 앞으로 그들은 똑같아질 것이오.”

“네에? 둘째는 대단히 실망할 텐데요?”

“그렇지 않습니다. 둘째 아드님은 재산을 물려받지 못한다는 것을 알게 되면 스스로 돈 벌 궁리를 하게 될 것입니다. 그러니 아무런 걱정을 하지 마십시오.”

과연 둘째 아들은 아무것도 받지 못하리라는 것을 알고는 다른 지방에 가서 그릇 만드는 기술과 글 읽기를 배웠다. 그러나 맏아들은 아버지의 집에서 살면서 재산을 그대로 물려받아 앞으로 부자가 될 거라고 생각하고는 아무것도 배우지 않고 놀기만 했다.

아버지가 세상을 떠나자 맏아들은 잠시 아버지의 재산으로 떵떵거리며 살았지만 곧 빈털터리가 되었다.

그에 비해 둘째 아들은 그릇 만드는 기술로 점점 재산을 늘려 형보다 훨씬 더 큰 부자가 되었다. 그는 어머니를 모시고 행복하게 잘 살았다.

행복한 사람의 셔츠

"아, 세상이 왜 이렇게 답답한가?"

어느 나라의 왕이 큰 소리로 탄식을 했다.

"아무래도 임금님이 큰 병에 걸리신 게 분명해. 그렇지 않고서야 어찌 이 세상을 답답해하신단 말이오?"

"맞는 말이오. 임금님은 분명 마음의 병을 크게 앓고 있는 듯하오."

신하들이 수군거렸다. 왕자도 걱정이 되었다. 왕자는 생각 끝에 광고를 했다.

"임금님의 병을 고쳐 주는 사람에게 큰 상을 주겠노라."

나라 안의 모든 현자들이 모여서 임금님의 병을 어떻게 고칠

것인가 의논을 했다. 그러나 아무도 어떻게 해야 할지 몰랐다. 이때, 한 현자가 나서서 말했다.

"우리 임금님은 높은 궁궐에 넓은 땅을 가지고 있습니다. 선량한 백성과 많은 곡식도 가지고 있습니다. 군대도 튼튼합니다. 그런데도 세상이 허무하다고 말씀하십니다. 우리 임금님의 병을 고칠 수 있는 방법은 딱 한 가지뿐입니다."

"아니, 그게 무엇이오?"

왕자는 기뻐하며 그 현자에게 물었다.

"네, 이 세상에서 행복하다고 말하는 사람의 셔츠를 얻어 와서 임금님께 입히면, 병이 깨끗이 나을 것입니다."

"음, 그럴 것도 같군요."

왕자는 즉시 사람들에게 명령을 내렸다.

"나라 안에 사람을 보내어 행복하다고 말하는 사람의 셔츠를 구해 오시오."

그러고는 왕에게 달려가 아뢰었다.

"아버님, 잠시만 참으십시오. 이제 곧 자신이 행복하다고 생각하는 사람의 셔츠를 구해 올 것입니다. 그 셔츠를 입으면 아버님의 병환은 깨끗해질 것입니다."

"그래? 그럼 어디 기다려 볼까?"

그런데 아무리 기다려도 행복한 사람의 셔츠는 도착하지 않았다.

"어찌 된 일이냐? 왜 이리 소식이 없는가?"

임금님이 역정을 내었다. 한 신하가 나서서 대답했다.

"우리 모두 오랫동안 전국 방방곡곡을 찾아 헤맸지만 행복한 사람을 찾을 수가 없었습니다. 모든 것에 만족하는 사람은 한 사람도 없었습니다. 부유한 사람들은 몸이 아팠고, 건강한 사람들은 가난했고, 건강하고 부유한 사람들은 아들이 나쁜 짓을 저질러 걱정이 많았습니다. 모두가 무엇인가 하나씩은 걱정이 있었습니다."

"어허, 그것 참 답답한 일이로다!"

임금님의 병은 점점 더 깊어졌다.

어느 가을날 저녁 무렵이었다.

"아버님, 궁궐에만 계속 계시니까 답답하시지요? 백성들이 어떻게 사는지 마을을 한번 돌아보시는 게 좋겠습니다."

왕자는 왕을 기쁘게 해 드리려고 왕을 모시고 마을로 갔다. 어느 허름한 농가 앞을 지나가는데 누군가가 중얼거리는 소리가 들려왔다.

"아, 나는 참으로 행복하다. 고맙게도 마음껏 일하고, 실컷

마시고, 이제 편안한 잠자리에 들게 되니 나에게 무엇이 더 필요한가?"

'아니, 이 사람은 자신이 행복하다고 하지 않는가!'

임금님과 왕자는 기뻐하며 그 집 안으로 들어섰다. 벽에는 바람구멍이 숭숭 나 있을 정도로 누추했다. 불을 켤 램프도 없어서 컴컴했다.

"주인은 안에 계시오?"

"네에, 누구십니까? 어서 오십시오."

"길 가던 나그네입니다. 방금 아주 행복하다고 하시는 것 같던데 정말이오?"

왕자가 물었다.

"그럼요, 낮에는 열심히 일하고 밤에는 푹 자니 그만한 행복이 어디에 또 있겠습니까?"

"이렇게 램프도 없이 컴컴한 집에 살아도 정말 행복하다는 말이오?"

이번에는 임금님이 물었다. 농부는 거침없이 대답했다.

"그럼요. 램프가 왜 필요합니까? 밤이 되면 저절로 어두워지는데, 어두워지는 것은 아무것도 보지 말고 깊이 잠을 자라는 신의 가르침이 아니겠습니까? 신의 가르침에 따르면 행복하게 되고요."

농부의 얼굴은 무척이나 편안하였다.

"호오, 듣고 보니 과연 그렇구려. 그럼 당신이 입은 셔츠를 벗어 나에게 주시오. 내가 금돈을 드리리다."

임금님이 말했다.

"금돈은 없어도 됩니다. 열심히 일해서 이것만 해도 일 년은 너끈히 먹고 살 수 있습니다. 그런데 거기에 금돈을 더하여 무엇 합니까? 금돈을 지키려면 걱정만 늘어날 텐데요."

"허어, 그것참, 어쨌거나 셔츠를 벗어 주시오."

그러자 농부가 외투를 들어 보이며 말했다.

"아이고, 저는 셔츠가 없습니다. 그저 일할 때 위에 걸치는 이 외투가 전부입니다. 이것만 해도 아주 만족합니다."

농부가 입은 외투는 얼마나 오래 입었는지 헝겊을 덧대어 누덕누덕 기운 것이었다. 임금님과 왕자는 셔츠를 구하지 못한 채 일어서려고 했다. 농부가 그들을 붙잡으며 말했다.

"자, 우리 집에 오신 손님인데 그냥 보낼 수 없지요. 이 빵과 우유를 드시고 가십시오. 가는 길이 멀다면 우리 집에서 주무시고 가셔도 됩니다. 하하하!"

농부가 유쾌하게 웃었다. 임금님은 어둠 속에서도 자신의 얼굴이 붉어지는 것을 느꼈다.

'으음, 이 농부야말로 참으로 행복한 사람이로구나. 나는 이 농부를 따라갈 수가 없구나.'

임금님은 고개를 끄덕이며 밤이 새도록 농부와 오래오래 이야기를 나누었다. 그다음 날, 왕은 셔츠를 얻지 못했는데도 병이 깨끗이 나았다.

신비한 찻잔

옛날 어느 곳에 매우 난폭한 왕이 살았다. 왕은 보물을 산더미처럼 가지고 있었는데, 그중에서도 아주 오래전에 만들어진 한 찻잔을 매우 아꼈다. 찻잔에는 돋보기로 보아야만 볼 수 있을 정도로 작은 꽃 그림이 가득 새겨져 있었다. 이 그림들은 빛을 받으면 더욱 오묘하게 반짝였다.

"와, 참으로 대단해!"

"정말 아름다워!"

보는 사람마다 칭찬을 했다.

"앞으로 다시는 이처럼 훌륭한 찻잔을 만들 수 없을 거야."

"암, 그렇고말고!"

이 찻잔을 만든 도공의 솜씨는 나라 안에서 최고였다. 그런데 자신의 신기한 기술을 아무에게도 가르쳐 주지 않은 채 세상을 떠나 버렸기 때문에, 그 뒤에는 아무도 그와 똑같은 찻잔을 만들지 못했다. 그래서 이 찻잔은 더없이 소중한 보물로 항상 궁전의 금 받침대 위에 소중하게 놓여 있었다.

그러던 어느 날, 왕이 전쟁에서 승리하고 돌아왔을 때였다. 나팔수가 승리의 뿔피리를 불면서 징을 너무 세게 치는 바람에 받침대가 흔들려서 그만 찻잔이 바닥에 떨어지고 말았다. 찻잔은 손댈 수 없을 만큼 산산조각이 났다.

"아니, 이 귀중한 물건을!"

난폭한 왕은 즉시 나팔수를 감옥에 가두고는 명령을 내렸다.

"나라 안의 도공들을 다 불러 모아라!"

이윽고 도공들이 웅성거리며 궁궐로 모여들었다.

'무슨 일일까?'

왕이 큰 소리로 말했다.

"이것을 본래의 모습대로 붙여 놓아라. 붙인 자국이 남아 있어서는 안 된다. 만일 조금이라도 붙인 자국이 보인다면 너희들 모두 교수형에 처할 것이다. 반드시 처음과 똑같은 모양이어야 한다."

도공들은 깜짝 놀랐다. 산산조각이 난 찻잔을 본래의 형태대로 붙인다는 것은 거의 불가능한 일이었기 때문이었다. 더구나 그 찻잔은 만드는 비법이 전혀 알려지지 않은 것이었으므로 똑같은 모양으로 다시 만들 수도 없었다. 참으로 어려운 일이었다. 그러나 난폭한 왕의 명령이니 어쩔 수 없었다.

"어떻게 하지?"

"아, 우리 목숨이 바람 앞의 등잔불처럼 되고 말았으니 이를 어쩐다?"

도공들은 힘없이 궁전을 나와 좋은 방법을 열심히 궁리해 보았지만 마땅한 생각이 떠오르지 않았다. 그러던 중 한 도공이 외쳤다.

"그래, 우스만 할아버지께 여쭈어 봅시다. 그 할아버지는 백 년 넘게 사셨고, 지금까지도 훌륭한 그릇을 많이 만들고 계시니 방법을 아실지도 모릅니다."

도공들은 즉시 먼 산골에 사는 우스만 할아버지를 찾아갔다.

할아버지는 부서진 조각들을 한참 동안 이리저리 살펴보고 만져 보더니, 해가 질 무렵이 되어서야 겨우 입을 열었다.

"안 되네. 이렇게 잘게 깨어진 것을 도로 붙인다는 것은 불가능한 일일세."

"아! 큰일 났습니다. 처음과 똑같이 붙이지 못하면 우리 모두 죽습니다."

도공들은 절망하여 다시 애원했다.

"할아버지, 제발 도와주십시오. 저희들 목숨이 달린 문제입니다."

할아버지는 다시 눈을 감고 오랫동안 생각에 잠겼다.

"알겠네. 모두 죽는다는데 나 몰라라 하고 내버려 둘 수는 없지. 그렇지만 지금 당장 어떻게 할 수는 없으니 임금에게 가서 일 년이라는 말미를 얻어 오게. 그 사이에 어떻게든 해 보도록 하세."

"아이고, 고맙습니다."

도공들은 왕에게 달려갔다.

"일 년은 주셔야 할 것 같습니다. 우리나라 최고의 장인이 지금 찻잔을 되살리고자 연구하기 시작했습니다."

"그래? 좋다, 못 살리면 모두들 죽음을 각오하라!"

"……."

도공들은 '죽음'이라는 말에 움찔하여 물러났다. 그 길로 할아버지는 자신의 공방에 틀어박혀 일 년 동안 단 한 번도 밖으로 나오지 않았다.

드디어 삼백예순다섯 날이 지나고 왕과 약속한 날 아침이 밝아 왔다. 궁궐 앞 광장으로 도공들이 줄줄이 묶여 나왔다. 그러나 우스만 할아버지는 나타나지 않았다.

'이제 우리는 모두 죽은 목숨이구나.'

해가 떠오르자 처형 집행 간수가 큰 소리로 외쳤다.

"자, 너희들은 임금님과의 약속을 어겼다. 이제는 목숨을 내놓아라."

"아니, 안 돼요!"

"그럼 우리는 어떻게 살아가요?"

도공들의 가족도 마구 울부짖었다.

둥둥! 사형을 알리는 북소리가 울렸다. 그때 누군가 노새를 타고 또각또각 걸어오고 있었다. 우스만 할아버지였다. 할아버지 등 뒤에는 손자 쟈팔이 조심스럽게 보따리를 안은 채 앉아 있었다.

우스만 할아버지는 일 년 사이에 몰라볼 정도로 바짝 말랐다. 눈도 움푹 들어가고 손도 후들후들 떨었다.

"어서 보자기를 풀어 찻잔을 임금님께 바쳐라."

왕 앞에 다다른 할아버지가 쟈팔에게 말했다. 보자기 안에서 반짝반짝 빛나는 아름다운 찻잔이 나왔다.

"와, 훌륭하다!"

"야, 이건 기적이야, 기적!"

사람들 사이에서 일제히 탄성이 터져 나왔다.

"아……!"

도공들도 너무 기쁜 나머지 울음을 터뜨렸다. 왕은 찻잔을 들고 이리저리 자세히 살펴보았다. 그러나 붙인 자국 하나, 잡티 하나 없었다.

'으음, 처음 그대로인 것 같군.'

왕도 고개를 끄덕였다.

"자, 도공들을 모두 풀어 주어라!"

왕이 명령을 내렸다.

도공들은 우스만 할아버지에게 달려와 모두 고개를 숙였다.

"고맙습니다, 고맙습니다!"

그중, 맨 먼저 풀려난 도공이 재빨리 모자를 벗더니 자기 주머니 속의 돈을 모두 모자 속에 집어넣었다. 그러고는 그 모자를 들고 군중들 사이를 걷기 시작했다.

"와아, 아주 좋은 생각이오!"

사람들은 그 도공을 칭찬하며 남자들은 금화를, 여자들은 귀고리와 팔찌를 아낌없이 던져 넣었다. 모자는 순식간에 가득 찼다. 도공은 그 모자를 할아버지에게 내밀며 떨리는 목소리로 말했다.

"할아버지, 이것은 우리들의 조그만 정성입니다. 부디 받아 주십시오."

"자네들의 성의는 알겠지만 받지는 않겠네. 그 마음만으로도 충분하네. 나는 내 온 정성을 쏟았을 뿐이니 그것으로 만족하네. 덕분에 찻잔 하나를 후세에 남길 수 있게 되었고, 무엇보다도 자네들 목숨을 구했으니 이보다 더 기쁜 일이 또 어디 있겠나!"

우스만 할아버지는 흐뭇한 웃음을 남긴 채 손자 쟈팔과 함께 총총히 사라져 버렸다. 이 소문은 곧바로 나라 안에 널리 퍼져 나갔다.

"산산조각이 난 찻잔을 처음과 똑같이 붙이는 기술을 배우러 가자."

"그래, 세상에는 깨진 그릇이 얼마나 많으냐? 만약 그러한 기술만 배운다면 우리는 부자가 될 수 있다."

많은 사람들이 산산조각이 난 찻잔을 새것처럼 감쪽같이 붙이는 신비한 기술을 배우고 싶다며 찾아왔다.

"할아버지, 우리에게도 그 기술을 가르쳐 주십시오."

“우리에게도 가르쳐 주십시오.”

그러나 할아버지는 이렇게 말할 뿐이었다.

“깨진 찻잔을 깨지기 전과 같이 깨끗하게 붙이는 비법 같은 것은 없다네. 나는 여러분들처럼 진흙을 개고 모래를 섞어 그릇을 굽고, 유약을 발랐을 뿐이라네. 그저 정성을 다해 열심히 일하는 것이 비결이라면 비결일세.”

“그런 말씀이야 누구든지 할 수 있지요.”

사람들은 믿지 않았다.

“분명히 신비한 기술이 있을 것입니다.”

“그렇지 않네. 별다른 비결 같은 것은 없네. 그저 나는 백성들이 사용하는 질그릇이든, 왕이 좋아하는 찻잔이든 다 똑같이 소중한 그릇으로 여기고 정성 들여 만들었을 뿐이네. 그러므로 그대들에게 특별히 전해 줄 비법 같은 것은 없네.”

“…….”

그래도 도공들은 할아버지에게는 특별한 비법이 있을 것만 같았다. 그들은 할아버지가 자신의 비법을 다른 사람들에게 가르쳐 주고 싶지 않아서 엉뚱한 말을 한다고 생각했다.

‘할아버지는 무엇인가 새로운 방법을 가지고 계실 거야.’

손자 쟈팔도 같은 생각이었다. 쟈팔은 어릴 때부터 할아버지

곁에서 그릇 만드는 기술을 배워 왔는데 도무지 할아버지 솜씨를 따라갈 수가 없었다. 쟈팔도 할아버지에게 정중하게 말했다.

"할아버지, 저에게만은 할아버지의 비결을 가르쳐 주세요. 물려줄 사람이라곤 저밖에 없지 않습니까?"

손자의 말에 할아버지가 빙그레 웃으면서 말했다.

"얘야, 너마저 그렇게 생각하느냐? 깨진 찻잔을 감쪽같이 붙이는 비법은 없단다. 어떻게 하면 더 좋은 그릇을 만들 수 있을까 깊이 연구하는 것이 비법이라면 비법이란다. 그저 그릇 만드는 일에 최선을 다하여라. 그러면 너도 임금의 찻잔과 똑같은 그릇을 얼마든지 만들 수 있을 것이다."

"네에."

쟈팔은 할아버지의 말을 마음에 새기며 열심히 일을 했다. 그러던 어느 날이었다.

"자, 그동안 만든 그릇들을 시장에 내다 팔고 올 테니 너는 집을 잘 지키고 있어라."

"네에."

할아버지는 수레를 끌고 시장으로 향했다. 쟈팔은 혼자서 공방을 청소했다. 흙 부스러기, 도자기 조각 등이 바닥에 많이 흩어져 있었다. 쟈팔은 그것들을 깨끗이 긁어모아 마당 구석에 있는 쓰레기장에 갖다 버렸다.

'이제야 좀 깨끗해졌군!'

쟈팔은 할아버지가 돌아와서 기뻐할 모습을 생각하면서 웃음 지었다.

'할아버지가 주무시는 방도 청소해 드려야지.'

이번에는 할아버지의 방으로 들어갔다. 머리맡에 낯선 보자기가 놓여 있었다.

'아니, 웬 보자기일까?'

쟈팔은 망설이다가 보자기를 건드려 보았다. 잘그락! 보자기 안에는 무엇인가 부스러기가 들어 있었다.

'무엇인데 이렇게 머리맡에 두셨을까?'

쟈팔은 궁금해서 견딜 수가 없었다. 쟈팔은 조심해서 보자기를 풀어 보았다.

'아니, 이건 임금님의 깨진 찻잔이네! 이럴 수가……!'

보자기 속에는 산산조각이 난 찻잔이 들어 있었다. 망치와 칼도 있었다.

'그렇다면 찻잔을 다시 붙이신 것은 아니로구나. 그런데 어떻게 똑같은 찻잔이 나왔지? 망치와 칼은 왜 함께 들어 있는

걸까?'

쟈팔은 찻잔 조각을 자세히 살펴보았다.

'아, 할아버지께서는 임금님의 찻잔에 어떤 흙을 썼는지, 무늬는 어떻게 새겼는지 살펴보셨구나. 망치로 깨뜨려 보기도 하고 칼로 긁어 보기도 하신 거야! 그리하여 마침내 어떻게 만들까를 연구하고 처음과 똑같이 만드셨구나. 그러니 깨진 찻잔을 다시 붙이는 비결은 애초부터 없었던 것이고!'

쟈팔은 무릎을 치며 일어섰다.

'아, 할아버지…… 저는 그것도 모르고!'

쟈팔은 할아버지를 존경하는 마음이 새삼 가슴에 치밀어 올랐다.

'할아버지가 사실대로 말했으면 더 많은 상을 받을 수도 있었을 텐데, 여러 도공들의 목숨을 구하기 위해 입을 꾹 다물고 계셨던 것이구나. 손자인 나에게까지 비결은 없다고 하신 것은 맞는 말씀이었어!'

쟈팔은 하염없이 눈물을 흘리면서 할아버지 방에서 나왔다.
저녁 무렵, 할아버지가 수레를 끌고 시장에서 돌아왔다. 쟈팔은 뛰어가 할아버지의 손을 어루만졌다.

'이렇게 꺼칠꺼칠해지도록 일만 하시고!'

쟈팔은 할아버지의 손을 오래 잡고 서 있었다.

할아버지도 쟈팔의 머리를 쓰다듬으며 흐뭇하게 미소를 지었다.

“쟈팔아, 모든 일이 다 그렇단다. 네 모든 정성을 다 쏟지 않으면 네 마음도 개운하지 못할 것이다. 무엇보다도 네 마음이 개운해지도록 열심히 일하여라.”

“네, 할아버지!”

쟈팔은 오늘도 할아버지의 말씀을 떠올리며 열심히 도자기를 굽고 있다고 한다.

악마의 유혹

옛날 어느 곳에 매우 친절하고 마음씨 좋은 사람이 살았다. 게다가 재산도 아주 많았다. 하인들도 많았는데, 그들은 모두 주인을 자랑스럽게 여겼다.

"이 세상에서 우리 주인님처럼 마음씨 좋은 사람은 없을 거야. 매일매일 맛있는 음식을 먹여 주시고, 옷도 충분히 주시잖아. 게다가 사소한 것들도 신경을 써서 우리들을 편안하게 해 주시니까 말이야."

"어디, 그뿐인가? 큰 소리로 꾸중하는 일도 없으니 우리들은 정말 마음이 편하지. 세상에는 아랫사람을 마치 말이나 소보다도 더 혹독하게 부리고 이유 없이 매질을 하면서 욕설을 퍼

붓는 주인이 매우 많다는데, 그런 인간들에 비하면 우리 주인님은 하늘에 떠 있는 해님과도 같은 분이지."

"암, 해님이 항상 온 세상을 골고루 비추듯이 우리 주인님도 우리를 위한 일이라면 무엇이나 먼저 챙겨 주시고 친절하게 대해 주시잖아! 우리들로서는 이보다 더 행복한 삶을 누릴 수는 없다고 생각해."

하인들은 진정한 마음으로 주인에게 고마워했다.

'아이고, 배 아파! 아이고오……!'

악마는 질투가 나서 참을 수가 없었다.

'옳지, 알레브라는 하인을 꾀어 훼방을 놓게 해야지. 알레브는 생각이 얕고 행동이 가벼운 녀석이니까!'

악마는 알레브에게 다가가서 귓속말로 말했다.

"그렇게 주인을 칭찬만 하다니, 정말 어리석군!"

"아니, 뭐라는 거야? 우리 주인님을 욕하다니!"

알레브가 화를 버럭 내었다.

"네 주인은 그럴싸하게 꾸미고 있을 뿐이야. 이 세상 사람들은 모두 마찬가지야."

악마는 웃는 표정으로 계속 꾀었다. 알레브는 그때마다 고개를 저었다.

"그렇지 않아, 우리 주인님은 좋은 분이야."

"아니야, 너희들을 더 많이 부려 먹으려고 일부러 웃는 척할 뿐이야. 누구 말이 맞는지 우리 내기할래?"

"좋다, 내기하자."

"그럼, 지금부터 네 주인을 화나게 만들면 내가 너에게 이 금돈을 한 자루 주겠다."

"만약 주인님이 화를 내지 않으시면?"

"내가 이 세상을 떠나겠다."

알레브는 금돈을 보자 마음이 흔들리기 시작했다.

'그래, 우리 주인님을 화나게 만들어 저 금돈을 차지하자. 저 금돈만 있으면 나도 주인님보다 더 큰 농장을 살 수 있어.'

알레브는 기회를 엿보기 시작했다.

이튿날이 되었다. 모든 하인들이 부지런히 일을 하고서 점심을 먹을 때였다.

"와, 어제보다 더 맛있는 음식을 주시네."

"그러게 말이야. 우리 주인님은 늘 우리들을 위해 좋은 생각만 하고 계시나 봐."

하인들은 밥을 먹으면서 평소와 마찬가지로 주인을 칭찬했다. 이때, 알레브가 갑자기 큰 소리로 외치기 시작했다.

"모두 배알도 없이 주인님 자랑만 늘어놓다니, 우리는 참으로 어리석어. 아무리 악한 사람이라도 자기 칭찬을 해 주면 친절히 대해 주기 마련이거든. 우리 주인님도 마찬가지야. 우리는 모두 주인님의 꾐에 빠져 무엇이든 주인님의 뜻대로 해 주고 있어."

"무슨 말을 하는 거야?"

다른 하인들이 점심을 먹다 말고 어리둥절해하였다.

"내 말 좀 들어 봐. 우리는 모두 주인님의 뜻대로만 하고 있어. 주인님이 마음속으로 어떤 일을 생각하면, 우리는 곧 그의 마음을 알아채고 그대로 해 주고 있다고."

알레브가 계속 열을 올렸다.

"그게 바람직한 거지, 꼭 시키는 대로만 해야 해? 주인님이 우리에게 잘해 주는 만큼 우리도 주인님에게 잘해 드리는 것이야 당연한 일이지."

"그게 틀렸다는 거야. 만약 우리가 주인님의 뜻을 어긴다면 어떻게 될 것 같니? 틀림없이 다른 악독한 주인들과 똑같은 짓을 할 거야. 아니, 아마 다른 주인들보다 더 심하게 우리들을 들볶을걸!"

알레브가 너무 자신 있게 말하자 몇몇 하인들이 고개를 갸웃거렸다.

'과연 그럴까?'

'정말 그럴지도 몰라. 알레브의 말을 들으니 점점 의심이 생기는데!'

'그러게 말이야. 그렇다면 어디 한번 시험해 볼까?'

하인들은 점점 알레브의 말이 옳을지도 모른다고 생각하기 시작했다.

"그럼, 알레브 자네가 한번 나서 보게."

"그래, 우리 주인님이 과연 화를 내실지 궁금하군."

그리하여 알레브가 앞장서기로 했다.

"내가 주인님을 화나게 만들면 자네들은 어떻게 하겠는가?"

"축제 때에나 입는 가장 좋은 옷을 자네에게 주겠네. 그리고 만약 자네가 주인님에게 붙잡혀 감옥에 가게 된다면 옥문을 부수고서라도 자네를 구해 주겠네."

"하하하, 좋네. 꼭 성공할 테니 두고 보게."

알레브는 주인을 화나게 하려고 당장 머리를 짜내기 시작했다. 알레브는 양치기 일을 했는데, 그곳에는 주인이 매우 소중하게 여기는 희귀한 양이 많았다.

이튿날 아침이었다. 양을 사려는 손님들이 오자, 주인은 그

양들을 보여 주기 위해 양 우리로 왔다. 이때, 알레브가 동료들에게 눈짓을 보냈다.

'자, 잘 지켜봐.'

하인들은 담 밖에서 어떻게 될지 가슴을 졸이며 지켜보았다. 악마도 알레브가 어떻게 하는지 보려고 나무 위에 올라가 양 우리를 내려다보았다. 주인은 손님들에게 자랑스럽게 말했다.

"이 양들은 매우 튼튼합니다. 자, 여기를 보십시오. 모두 훌륭하지만 특히 뿔이 구부러진 이 숫양은 더욱 소중한 놈입니다. 값을 매길 수 없을 정도로 좋은 놈이라서 우리 식구들은 이 양을 무척 아낀답니다."

그때, 알레브가 주인 몰래 양들을 손가락으로 쿡쿡 찔렀다. 그러자 양들이 이리저리 술렁거렸다. 그 바람에 손님들은 주인이 가리키는 숫양을 제대로 볼 수가 없었다.

"양들이 아마도 낯이 설어서 그러나 봅니다. 잠시만 기다려 주십시오."

주인은 풀을 집어 양들에게 내밀며 손가락을 입술에 갖다 대었다. 양들은 이내 조용해졌다.

"자, 이것 보십시오. 우리 집 양들은 이렇게 온순합니다."

가까스로 양들이 조용해지고 주인이 다시 숫양을 가리키려 할 때, 알레브는 또 일부러 양 몇 마리의 꼬리를 세게 잡아당겼다. 양들이 다시 술렁거렸다. 이번에도 손님들은 아주 훌륭하다는 그 숫양을 제대로 볼 수가 없었다.

"에에, 이 양들은 낯선 사람 앞에서 어쩔 줄을 모르는군요."

손님들이 투덜거렸다. 주인은 양들 옆에 서 있는 알레브에게 말했다.

"여보게, 알레브. 뿔이 구부러진 저 양이 움직이지 못하도록 잠시만 꼭 붙들고 있어 주게."

알레브는 주인의 말이 떨어지기 무섭게 양 떼 속으로 뛰어들었다. 그러고는 한 손으로 숫양의 뿔을 움켜쥐고, 다른 손으로는 뒷다리를 억세게 잡아서 높이 쳐들었다. 그 바람에 알레브와 숫양이 함께 넘어졌는데, 그만 한쪽 양의 다리가 부러지고 말았다.

매에, 매에! 숫양은 다리가 부러진 채 일어나지 못하고 울어댔다.

"아이고, 저 버둥거리는 모습을 좀 봐."

"그러게 말이야. 정말 못 보겠군."

손님들이 고개를 돌렸다.

"쯧쯧! 알레브가 너무 심한 것 같다. 귀한 양의 다리를 부러뜨리기까지 하다니!"

담장 밖에서 구경을 하던 하인들도 혀를 찼다.

'잘한다. 잘해!'

나무 위에 있던 악마는 속으로 기쁨의 소리를 질렀다.

주인은 어두운 표정으로 눈을 감았다. 담 밖의 하인들은 주인의 입에서 무슨 말이 나올까 궁금해하며 숨을 죽였다.

주인은 무거운 짐을 내려놓기라도 하듯이 깊이 숨을 내쉬고는 하늘을 쳐다보며 잠시 가만히 있었다. 그러더니 찡그렸던 얼굴을 펴고는 알레브를 돌아보며 말했다.

"알레브, 자네는 오늘 보통 때와 달리 매우 거칠게 행동을 하네. 아마도 마음 불편한 일이 있는 모양일세. 나는 자네를 잃는 것이 싫네. 어떻게 하면 자네를 평온하게 만들 수 있을지 말해 주게."

"……."

알레브는 그만 할 말이 떠오르지 않았다. 주인이 화를 내기는커녕 도리어 자신을 위로해 주었기 때문이었다. 알레브가 말없이 서 있자 주인이 웃는 표정으로 다시 말했다.

"알레브, 고개를 들게. 내가 자네를 자유의 몸으로 풀어 주는 것이 좋겠다는 생각이 드네. 그럼 자네는 우리 집에서 벗어나 마음대로 돌아다닐 수 있고, 하고 싶은 일도 마음대로 할 수 있네. 필요하다면 돈도 나누어 주겠네. 하지만 힘이 들어 다시 우리 집으로 온다면 무엇이든 자네가 원하는 다른 일을 주겠네. 자, 당장 떠나도 좋네."

알레브는 울먹이며 외쳤다.

"아, 아닙니다, 주인님. 저는 주인님을 화나게 하려고 일부러 그렇게 했습니다. 다리가 부러진 양은 제가 잘 치료해서 다시 튼튼하게 만들겠습니다. 잠시 악마에게 홀렸던 저를 용서해 주십시오."

알레브는 주인의 손을 부여잡고 눈물을 흘렸다.

"괜찮네. 사람이란 누구나 다 실수할 수 있지 않은가?"

주인은 알레브를 일으켜 세웠다.

"고맙습니다, 주인님. 고맙습니다, 주인님!"

알레브는 연신 고개를 숙였다. 담 밖에 있던 하인들도 그 모습을 보고 모두 꿇어앉아 외쳤다.

"잠시 다른 생각을 했던 저희들을 용서해 주십시오."

"네, 저희들도 잘못했습니다."

악마는 화가 머리끝까지 치밀어 올랐다.

'에잇, 내 계획이 빗나갔군!'

악마는 펄쩍펄쩍 뛰다가 그만 나무 아래로 곤두박질치고 말았다. 나무 아래에는 목장 가축들의 똥을 모아 놓은 높은 더미가 있었다. 악마는 그 더미에 거꾸로 처박혀서 그만 깊이 묻히고 말았다.

오두막과 궁전

어떤 왕이 커다란 궁전을 짓고, 그 앞에 정원을 만들었다. 정원에는 세계 곳곳의 진귀한 바위를 갖다 놓고, 아름다운 화초도 잔뜩 심었다.

"임금님, 이 정원은 세상 어디에 내놓아도 결코 뒤지지 않을 것입니다."

"하하하, 그렇소? 우리 백성이면 누구나 이 정원을 볼 수 있게 하시오. 백성들을 이 정원에서 편히 쉬게 하여 행복한 마음이 들게 하시오."

왕은 너털웃음을 쳤다.

왕의 비위를 맞추기 좋아하는 한 신하가 있었다.

"저……, 임금님, 정원 앞에 낡은 오두막이 한 채 있습니다. 그 오두막만 없으면 이 정원은 더욱 아름다울 것입니다."

"그 오두막은 비어 있소?"

"아닙니다. 어떤 가난한 농부가 살고 있는데, 낡은 옷을 마당에 널어 보기에 매우 흉합니다."

"어쨌거나 사람이 사는 오두막을 함부로 없앨 수는 없소."

왕은 아무렇지도 않다는 듯이 대답했다.

'어떻게 하면 임금님의 환심을 살 수 있을까? 그래야 좀 더 높은 벼슬자리에 올라갈 텐데…….'

신하는 밤새도록 곰곰이 생각하다가 무릎을 탁 쳤다.

'아, 그래. 그렇게 하면 되겠구나!'

이튿날, 신하는 오두막으로 농부를 찾아갔다.

"당신은 참으로 운이 좋은 사람이오. 왕께서 당신의 오두막을 사고 싶어하오. 이 오두막은 10루블 값어치도 안 되지만 왕께서는 100루블을 주겠다고 하셨소."

농부가 대답했다.

"아니요, 저는 이 오두막을 팔지 않겠습니다."

"그렇다면 왕께서 200루블을 주실 것이오."

그러자 농부는 고개를 더욱 세차게 저으며 말했다.

"아닙니다. 저는 1,000루블에도 팔지 않을 것입니다. 제게는 이 오두막이 매우 귀중합니다. 할아버지와 아버지가 이 오두막에서 사셨고, 하느님이 보호하셔서 저 역시 이 오두막에서 태어났습니다. 그러니 이 오두막을 지키며 늙어 가고 싶습니다."

'허어, 이런 고집불통이 있나!'

신하는 고개를 흔들며 궁궐로 돌아와 왕에게 아뢰었다.

"임금님, 제가 임금님을 위하여 그 오두막을 사려고 했으나 농부가 글쎄 1,000루블에도 팔지 않겠다고 합니다. 1,000루블이면 그런 오두막을 100채나 사고도 남을 만한 큰돈인데 팔지 않겠다니, 아마 좀 모자라는 사람이 아닌가 합니다. 임금님, 명령을 내려 그 오두막을 부수어 버리고 이 정원이 더욱 아름답게 보이도록 하소서."

그러자 왕이 의아해하며 말했다.

"아니, 그걸 말이라고 하시오? 백성의 오두막을 부수라니! 그러고도 임금이라 할 수 있겠소?"

"그래도 그 오두막 때문에 이 아름다운 정원이……."

"아무렇지도 않소. 오히려 그 오두막이 옛날 우리의 농촌을 떠올리게 해 줘서 더욱 보기에 좋소. 괜한 짓 하지 말고 농부가 자유롭게 살 수 있도록 하시오."

왕이 단호하게 말했다.

"아, 알겠습니다."

신하는 우물거리며 물러 나왔다.

그 뒤로 왕은 정원을 거닐다 말고 가끔 농부의 집에 들러 농부와 함께 차를 마시기도 했다.

"저의 초라한 오두막이 임금님의 정원과 어울리지 않아서 죄송합니다."

농부의 말에 왕이 펄쩍 뛰었다.

"아니, 그 무슨 말을……. 우리 할아버지도 이런 오두막에서 사신 적이 있소. 게다가 우리 백성 대부분이 이러한 집에서 살고 있소. 오히려 내가 정원을 너무 요란하게 꾸며서 미안하오. 이 집이야말로 우리의 옛 모습을 보여 주는 좋은 집이오."

왕의 이야기는 나라 안에 널리 퍼졌다. 화려한 정원을 꾸민다고 원망하던 백성들도 그 정원을 마음대로 이용할 수 있게 되자 점점 마음을 풀고 왕을 좋아하게 되었다. 왕은 오래도록 왕위를 지키며 나라를 잘 다스렸다.

늑대 대장의 죽음

어느 마을에 사냥꾼이 살았다. 깊은 산으로 간 사냥꾼은 활을 쏘아 산양 한 마리를 잡았다. 사냥꾼은 기분 좋게 산양을 메고 집으로 향했다. 그때 멧돼지 한 마리가 나타났다.

'고기가 부드러운 멧돼지잖아? 옳지, 저놈도 잡아야지.'

사냥꾼은 얼른 산양을 내려놓고 멧돼지를 향해 활을 쏘았다. 화살은 정확하게 멧돼지를 맞추었다. 멧돼지가 픽 쓰러졌다. 사냥꾼은 기분이 좋아서 멧돼지와 산양을 메어 보았다. 두 마리는 너무 무거워 한꺼번에 멜 수가 없었다.

'안 되겠다. 한 마리씩 날라야겠어. 너무 무거워.'

사냥꾼은 먼저 산양을 메고 백 걸음쯤 옮겨 놓고, 되돌아가서 멧돼지를 또 백 걸음쯤 옮겨 왔다. 이렇게 하다 보니 시간이 오래 걸렸다.

멀리서 늑대 대장이 이 모습을 보고 쾌재를 부르며 달려왔다. 그러고는 사냥꾼이 멧돼지를 옮기는 동안 산양을 물어다 언덕 위로 끌고 갔다.

사냥꾼이 멧돼지를 내려놓고 뒤쫓아 오자, 이번에는 뒤로 달려가 멧돼지마저 물고 언덕 위로 가 버렸다. 그 바람에 사냥꾼은 그만 산양과 멧돼지를 둘 다 빼앗기고 말았다.

멀리서 이 모습을 보고 다른 늑대들도 달려왔다. 늑대가 너무 많이 달려오자 사냥꾼은 산양과 멧돼지를 옮기느라 내려놓았던 활도 챙기지 못한 채 나무 위로 기어올라 몸을 피했다.

한편, 늑대 대장은 먹을 것을 보고 기뻐하며 생각했다.

'이번에는 좀 오래 먹을 수 있겠군. 한꺼번에 다 먹어 치우지 말고 조금씩 먹어야지. 우선 질긴 것부터 먹고, 좀 더 연하고 맛있는 것은 나중에 먹어야겠다.'

다른 늑대들이 몰려오자 늑대 대장은 으르렁거리며 경계를 했다. 가까이 다가오는 늑대는 물어 버리기까지 했다.

"내가 빼앗은 거야. 이건 내 거야!"

늑대 대장은 혼자서 두 마리를 다 먹으려고 잠시도 마음을 놓지 못한 채 눈을 부라렸다. 늑대 대장한테 쫓겨난 다른 늑대들은 먹을 것이 없어서 둘레를 빙빙 돌았다.

늑대 대장은 어느 것부터 먹을까 생각하며 산양과 멧돼지를 살펴보았다. 그때 사냥꾼이 벗어 놓은 활이 눈에 들어왔다.

'옳지, 저 활줄부터 뜯어 먹자. 좀 질기긴 하지만 저것도 고기잖아. 그리고 저 활줄 때문에 늘 불안하거든.'

늑대 대장은 자기 둘레로 모여드는 늑대를 쫓으면서 한편으로는 활줄을 물어 당겼다. 활은 그루터기에 걸려 있었는데 줄을 세게 물어 당기니 팽팽해졌다. 하지만 끊어지지는 않았다.

'아이고, 힘들어. 도무지 끊어지지를 않네.'

하는 수 없이 늑대 대장은 물었던 줄을 놓고 말았다. 그 바람에 활이 튕겨 나오면서 늑대 대장의 눈을 때리고 말았다.

"아이쿠!"

뒤로 넘어지던 늑대 대장은 그루터기에 등이 푹 찔렸다. 늑대 대장은 그만 정신을 잃고 쓰러져 일어날 줄 몰랐다.

'이때다!'

다른 늑대들이 산양과 멧돼지에게 일제히 달려들었다. 늑대들은 산양과 멧돼지를 모두 먹어 치운 다음 늑대 대장까지 먹어 버렸다. 겨우 뼈다귀 몇 개만 남아 나뒹굴 뿐이었다.

황제와 농부

깊은 숲으로 사냥을 나갔던 황제가 그만 길을 잃고 말았다. 아무리 숲을 벗어나려 해도 나가는 길을 알 수 없었다.

그때였다.

쿵, 쿵!

어디선가 도끼로 나무를 찍는 소리가 들렸다. 황제는 너무나 반가운 나머지 소리가 나는 쪽으로 덩굴을 헤치며 기어갔다. 그리 멀지 않은 곳에서 나무꾼이 땀을 흘리며 부지런히 나무를 찍고 있었다. 황제가 나무꾼에게 다가가며 말했다.

"반갑습니다. 신의 은총이 가득하기를 빕니다."

나무꾼이 일손을 멈추고 황제의 행색을 살피며 대답했다.

“네, 저에게는 정말 신의 은총이 필요합니다. 살아가기가 매우 힘이 들어서요.”

황제가 물었다.

“가족이 많습니까?”

“아들이 둘이고, 딸도 둘이나 있습니다.”

“그렇습니까? 많다면 많고 적다면 적다 할 수 있겠네요. 지금까지 번 돈은 모두 어디에 썼습니까?”

“그 돈은 모두 세 곳에 쓰고 있습니다. 첫째는 빚을 갚는 데 쓰고, 둘째는 이자를 놓는 데 쓰고, 마지막 하나는 강물에 흘려보내고 있습니다.”

황제는 곰곰이 생각해 보았지만 나무꾼의 말뜻을 이해할 수가 없었다.

“무슨 뜻인지 저는 도무지 모르겠습니다.”

나무꾼이 빙긋이 웃으며 대답했다.

“빚을 갚는다는 것은 부모를 돌본다는 뜻이고, 이자를 놓는다는 것은 아들을 키운다는 뜻입니다. 그리고 강물에 흘려보낸다는 것은 딸을 키운다는 뜻입니다.”

“아, 그럴듯하군요.”

황제는 그제야 고개를 끄덕였다.

"으음, 당신은 아주 현명하군요. 유머도 있고……. 그렇다면 나를 이 숲 밖으로 데려다 주는 것도 그리 어렵지는 않겠지요? 숲이 울창해서 도무지 길을 찾을 수가 없군요."

나무꾼이 고개를 끄덕이며 말했다.

"그야 어렵지 않습니다. 길을 가르쳐 줄 테니 혼자 찾아가세요. 여기서 곧장 가다가 오른쪽으로 꺾은 다음, 왼쪽으로 한 시간쯤 가다가 다시 한 번 오른쪽으로 꺾어 나가면 바로 숲 밖으로 나갈 수 있습니다."

황제가 머리를 흔들며 말했다.

"그 설명만으로는 찾을 수 없을 것 같소. 당신이 직접 길 안내를 해 줄 수는 없겠소?"

"미안하지만 곤란합니다. 저는 일을 해서 돈을 벌어야 하니까 한시라도 쉬면 안 됩니다."

"그렇다면 길 안내 대가로 돈을 드리겠소."

황제가 애원하듯 말했다.

"그래요? 그렇다면 안내해 드리지요."

그들은 함께 앞서거니 뒤서거니 하며 숲을 헤쳐 나갔다.

한참 후 황제가 나무꾼에게 물었다.

"당신은 여기서 멀리 떠나 본 일이 있소?"

"나무를 팔러 이 숲을 떠나 본 적이 몇 번 있습니다."

"그럼 황제를 본 적은 있소?"

"그런 기회가 주어진다면 얼마나 좋겠습니까마는 아직 뵌 적이 없습니다."

"그렇다면 이 숲속에서 나가는 즉시 황제를 볼 수 있을 것이오."

"하지만 그분이 진짜 황제 폐하라는 것을 제가 어떻게 알아보겠습니까?"

"황제만이 유일하게 모자를 쓰고 있을 테니까 얼른 구별할 수 있을 것이오."

이윽고 나무꾼과 황제는 숲을 빠져나와 들판에 이르렀다. 황제가 처음 사냥을 시작한 곳이었다.

사람들은 기다리던 황제를 보자 모두 모자를 벗고 허리를 굽혔다. 나무꾼은 눈을 크게 뜨고 사방을 두리번거렸지만 황제의 모습은 보이지 않았다.

"황제 폐하는 어디 계시지요?"

그러자 황제가 씩 웃으며 대답했다.

"자세히 보시오. 모자를 쓰고 있는 사람은 우리 둘뿐이지 않소? 그렇다면 우리 둘 중 어느 한 사람이 황제가 아니겠소?"

● 이해 능력 Level Up!

1. 다음 글을 읽고 『바보 이반』에 나오는 악마들이 가장 재미있어하는 일은 무엇인지 골라 보세요.

> 악마 대장은 은근히 화가 났다. 악마 대장은 젊은 악마들을 불렀다.
> "여봐라, 우리는 사람들이 서로 싸우는 것을 좋아한다. 그런데 저 집은 이반 때문에 형제들이 싸우지 않는다. 그 바람에 우리의 좋은 구경거리가 날아가고 말았다. 어떠냐? 너희들이 가서 저 형제들이 서로 싸우게 하여라. 그러면 내가 크게 상을 내리겠다."

1) 돈 만들기　2) 돌 던지기　3) 나무 쓰러뜨리기
4) 말타기　5) 서로 싸움 붙이기

2. 다음 중 세미온에게 가장 어울리는 말은 무엇입니까?

1) 천리길도 한 걸음부터
2) 칼로 일어난 자 칼로 망한다.
3) 아버지의 마음씨가 넓어서
4) 탈라스가 재산이 많아서
5) 이반의 우애가 깊어서

3. 세미온과 탈라스가 아버지에게 와서 재산을 나눠 달라고 했을 때, 형제끼리 싸움이 나지 않은 까닭은 무엇입니까?

1) 이반이 바보여서
2) 마리나가 벙어리여서
3) 아버지의 마음씨가 넓어서
4) 탈라스가 재산이 많아서
5) 이반의 우애가 깊어서

4. 아래 글을 읽고, 악마가 그물을 들고 아침에 귀리밭에 나가 보고 놀란 까닭은 무엇인지 찾아보세요.

첫째 악마는 아침 일찍 귀리밭에 나가 보고 깜짝 놀랐다. 귀리가 하나도 없이 모두 말끔하게 베어져 있었던 것이다.

'아침부터 귀리를 벤다 해도 양이 워낙 많아서 시간이 꽤 오래 걸릴 텐데……. 햇볕이 쨍쨍 내리쬐는 대낮에 베면 귀리 이삭이 많이 떨어질 거야. 하지만 밤에 베면 괜찮을 거야.'

이렇게 생각한 이반이 동생 마리나와 함께 밤중에 귀리를 몽땅 베어 버린 것이었다.

1) 귀리가 너무 잘 자라서
2) 귀리가 모두 말라 버려서
3) 귀리가 모두 베어져 있어서
4) 새들이 귀리를 다 먹어 버려서

5) 새들이 귀리를 먹고 모두 날아가 버려서

5. 귀리를 못 먹게 하기 위해 악마는 어떻게 했습니까?

1) 맥주로 만들었다.
2) 썩게 하려고 뜨겁게 했다.
3) 귀릿단을 모두 군사로 만들었다.
4) 물에 젖게 했다.
5) 말에게 마구 짓밟게 했다.

6. 이반이 세미온의 두 번째 부탁을 들어주지 않은 까닭은 무엇입니까? 다음 글을 읽고 찾아보세요.

"말도 마세요. 얼마 전 길가에 있는 밭에서 일을 하고 있는데 어떤 아주머니가 엉엉 울면서 관을 나르고 있었어요. 누가 죽었느냐고 물었더니, 전쟁을 일으킨 세미온의 군사가 자기 남편을 죽였다는 거예요. 저는 깜짝 놀랐어요. 저는 군사들이 음악을 연주하고 노래만 부르는 줄 알았지, 사람을 죽이는 줄은 몰랐어요."

1) 세미온의 군대가 사람을 죽게 해서
2) 세미온의 군대가 마을 음식을 모두 먹어 버려서
3) 세미온의 군대가 금돈을 빼앗아서

4) 세미온의 군대 대장이 악마여서

5) 세미온의 군대는 노래를 못 불러서

7. 이반이 좋아한 군사는 어떤 군사였습니까?

1) 키가 큰

2) 싸움을 잘하는

3) 노래를 잘 부르는

4) 행진을 잘하는

5) 얼굴이 잘생긴

8. 다음은 두 번째 부탁을 하러 온 탈라스에게 이반이 한 말입니다. 이반이 탈라스의 청을 거절한 까닭은 무엇입니까?

> "정말 모르신다면 말씀드리지요. 우리 이웃집 아저씨가 젖을 짜는 암소 한 마리를 기르고 있었다는 것은 형님도 잘 아시잖아요? 그런데 형님이 길을 떠난 며칠 뒤에 그 집 아이들이 우리 집에 찾아왔어요. 우유를 좀 달라고요. '너희 집 젖소는 어떻게 했니?' 하고 물었더니, 탈라스 형의 일꾼들이 와서 금돈 세 닢을 주고 소를 끌고 갔다는 거예요. 나는 금돈이 그저 가지고 노는 장난감인 줄만 알았는데, 형님은 그 돈으로 아이들이 우유를 먹지 못하게 했어요. 그런데 어떻게 돈을 더 만들겠어요?"

1) 이웃집 아이가 우유를 못 먹게 된 것을 보고

2) 돈을 만드는 나무가 없어져서

3) 돈을 싣고 갈 수레가 없어서

4) 악마의 꾐에 빠져서

5) 세미온의 부탁으로

9. 이반이 임금이 된 후 궁궐에는 관리들이 점점 없어지게 됩니다. 다음 글을 읽고 그 까닭을 찾아보세요.

> "아니, 임금님께서 이렇게 일을 하시다니요? 그건 있을 수 없는 일입니다."
>
> 백성들이 몰려와서 이렇게 말하면 이반은 지지 않고 말했다.
>
> "나도 먹어야 살지 않소? 먹으려면 일을 해야 하고……."
>
> 이 말에 많은 사람들이 두 손을 들고 말았다.
>
> 그런데 이반은 한술 더 떴다.
>
> "관리들에게도 일을 시키시오. 마구간 거름도 치우게 하고 길도 고치게 하고……. 만약 일을 하지 않는 대신이 있다면 그러한 대신에게는 봉급을 주지 않겠소."

1) 일을 하지 않으면 먹을 것을 주지 않아서
2) 악마들이 싫어서
3) 모두 전쟁터에 나가서
4) 의자가 없어서
5) 궁궐이 좁아서

10. 다음에서 세미온이 악마를 장군 자리에 앉힌 까닭이 아닌 것을 골라 보세요.

1) 이웃 나라로 쳐들어가자고 해서
2) 무기를 잘 만들어서
3) 세미온의 마음에 드는 말만 해서

4) 백성을 위하는 마음이 깊어서
5) 군사를 많이 뽑아서

11. 다음은 『바보 이반』의 일부입니다. 탈라스가 돈을 많이 가지고 있으면서도 먹을 것을 구하지 못한 까닭은 무엇입니까?

"여보시오, 빵 좀 주시오. 우리 임금님이 잡수실 거요."

늙은 하인이 빵 가게 주인에게 말했다. 그러자 주인이 어깨를 으쓱해 보이며 말했다.

"빵은 부자 상인이 모두 샀습니다. 그래서 우리 식구들이 먹을 것도 모자랄 지경이라오."

늙은 하인은 어이가 없어 밀가루 포대를 가리키며 따졌습니다.

"저기 있는 밀가루로 또 구우면 되지 않소. 급하니까 빨리 좀 구워 주시오."

"물론 굽지요. 하지만 저 밀가루도 이미 팔렸소."

'아, 이 빵 가게도 역시 그 장사꾼 손아귀에 들어갔구나.'

늙은 하인은 아무것도 사지 못한 채 빈 바구니만 들고 궁궐로 돌아왔다.

1) 악마가 미리 다 사 버려서
2) 사람들이 먼저 먹어 버려서
3) 군인들이 빼앗아 가 버려서
4) 탈라스가 싫어하는 음식만 팔아서
5) 족제비 털가죽을 사느라 돈을 많이 써 버려서

12. 늙은 악마가 탈라스보다 먼저 물건을 다 사 버린 까닭은 무엇입니까?

1) 물건 값을 내리려고
2) 사람들에게 나누어 주려고
3) 탈라스를 망하게 하려고
4) 높은 벼슬자리를 얻으려고
5) 백성들에게 칭찬을 받으려고

13. 다음 글을 읽고 물음에 답하세요. 타라칸의 군사들이 이반의 나라로 쳐들어왔을 때 이반은 어떻게 했습니까?

타라칸의 군대는 계속하여 다음 마을로 나아갔다. 어느 마을을 가도 반항하는 사람이 없었다. 오히려 집을 줄 테니 자기네 마을에서 같이 살자고 말했다.

"여보시오, 병사 양반들! 혹시 당신네 마을에 먹을 것이 없어서 우리 나라로 왔다면 아예 우리 마을로 이사를 와요. 그러면 잘살 수 있을 테니까요."

1) 맞붙어 싸우게 했다.
2) 폭탄을 밭에 묻어 놓고 터뜨렸다.
3) 음식을 나눠 주고 함께 살자고 했다.
4) 집에 불을 지르고 도망쳤다.
5) 수레에 곡식을 싣고 궁궐 안으로 들어갔다.

● 논리 능력 Level Up!

1. 다음은 이반의 큰형인 세미온의 생활에 대한 본문의 일부입니다. 이 글로 보아 세미온과 그의 아내는 어떤 사람인지 써 보세요.

> 맏아들 세미온은 전쟁터에 나가 공을 크게 세웠다. 덕분에 계급이 높아졌고, 나라로부터 돈도 많이 받았다. 그러나 늘 돈이 부족하다며 쩔쩔맸다. 부인의 씀씀이가 헤프기 때문이었다.

2. 다음은 둘째 형 탈라스에 대한 본문의 일부입니다. 탈라스는 어떤 사람일까요?

> 그러자 아버지도 하는 수 없이 큰아들에게 재산을 나누어 주었다. 둘째 아들 탈라스는 상인의 딸과 결혼을 했다. 큰 가게도 물려받아 부자가 되었다. 그런데도 아버지의 재산을 탐냈다.

3. 악마들이 첫째 세미온과 둘째 탈라스를 망하게 하려고 한 짓은 무엇인지 각각 써 보세요.

4. 괭이자루에 매달려 이반의 일을 방해하던 악마는 어떻게 목숨을 구할 수 있었나요?

5. 악마가 귀리밭에 그물을 덮으려고 한 이유는 무엇입니까?

6. 다음은 이반이 둘째 악마를 용서하는 본문의 일부입니다. 이반은 세 악마가 자신의 일을 방해하는 것을 알고도 모두 살려 주었습니다. 이것을 볼 때 이반의 성격은 어떠한가요?

> "알았다. 다시는 내 앞에 나타나지 마라. 이제 가도 좋다."
> 이반은 지렛대로 나무를 들어 둘째 악마를 꺼내 주었다. 둘째 악마는 질겁하며 땅속으로 깊이 들어가 버렸다.

7. 이반이 산으로 나무를 베러 간 까닭은 무엇입니까?

8. 다음은 이반이 임금이 된 후의 생활에 대한 일부입니다. 이반의 생활을 정리해 써 보세요.

"괜찮소. 백성들만 잘살면 되지, 내가 좋은 옷을 입어 무엇에 쓰겠소?"

이반은 허름한 농사꾼의 옷을 입고 나무 껍질 구두를 신으며 말했다.

"일을 해야겠소. 가만히 앉아 있으니까 무엇보다도 밥맛이 없어서 안 되겠소. 밤에 잠도 잘 오지 않고……."

9. 악마의 꾐에 빠져 다시 인도로 쳐들어간 세미온의 군대가 크게 패한 이유는 무엇입니까?

10. 장군에서 장사꾼으로 변장한 악마는 탈라스를 찾아가 어떻게 했나요?

11. 타라칸의 군사들이 재산을 빼앗아 갈 때 이반의 백성들은 어떻게 했나요?

12. 다음 글을 읽고 마리나가 음식을 나누어 주기 전에 사람들의 손바닥을 먼저 들여다 본 까닭은 무엇인지 써 보세요.

> 이반의 벙어리 누이동생 마리나만이 식사 준비를 하고 있었다.
> '오늘도 이 음식을 먹고 부지런히 일해야지. 그런데 가끔씩 일도 하지 않고 남보다 일찍 와서 음식을 먹어 치우는 사람들이 있단 말이야. 그런 놈들은 혼이 나야 해. 오늘도 어제처럼 음식을 주기 전에 먼저 손바닥을 살펴보아야지. 일을 많이 해서 굳은살이 박여 있으면 음식을 주고, 그렇지 않으면 주지 말아야겠어.'

13. 악마와 이반의 싸움에서 마침내 누가 이겼나요?

● **논술 능력 Level Up!**

1. 이반에게서 배워야 할 점과 아쉬운 점을 모두 써 보세요.

2. 사람들이 이반을 바보라고 부르는 것을 어떻게 생각하나요? 여러분의 생각을 써 보세요.

3. 다음 글을 읽고 이반의 아내인 왕비의 훌륭한 점에 대해 써 보세요.

> 왕비는 이반의 모습을 보고 생각에 잠겼다.
> '아, 내가 잘못 생각했어. 남편이 비록 바보 소리는 듣지만 매우 훌륭한 분이야. 욕심도 없고, 모든 백성들을 잘살게 하려고 부지런히 일만 하는 분이잖아. 그리고 남편은 어디까지나 남편이야. 바늘 가는 곳에 실이 따라가야 하는 법이지. 나도 지금부터는 남편을 따라 부지런히 일을 해야겠다.'
> 왕비도 화려한 옷을 벗어 장롱 속에 넣어 두고 벙어리 시누이에게 일을 배우러 갔다.

4. 『바보 이반』에서 욕심을 부리다 망한 이야기를 골라 간단히 소개하고, 여러분 같으면 어떻게 했을지 써 보세요.

5. 다음 글을 읽고 늙은 악마가 말한, 머리로 쉽게 일하는 방법은 무엇일까요? 또 손으로 힘들게 일하는 것에 대해 여러분은 어떻게 생각하나요?

"머리만 가지고도 곡식을 거둘 수 있다고요? 그것참, 신기한걸!"
이반은 바보라는 소리를 듣고도 화를 내지 않고 고개를 끄덕였다. 이것을 본 늙은 악마는 용기가 났다.
"물론 머리로 일하는 것도 그리 쉽지는 않습니다. 당신네들은 내 손에 굳은살이 없다고 먹을 것도 주지 않지만, 머리로 일하는 것이 백배나 더 어렵다는 것을 몰라서 그러는 겁니다. 내가 앞으로 가르쳐 드리겠소."

6. 이반은 타라칸 군대가 쳐들어왔을 때 너무나 태평한 모습을 보여 주었습니다. 어떻게 그런 태도를 취할 수 있는지, 여러분이라면 어떻게 했을지 써 보세요.

"그래요? 싸우지 말고 가만히 내버려 두시오."

이반은 조금도 놀라지 않고 태연하게 말했다. 싸울 생각도 하지 않았다.

"지금 우리 군대로는 저들을 이길 수 없으니 군사를 더 많이 뽑아야 하지 않겠습니까?"

신하들이 걱정했다. 그러나 이반은 여전하였다.

"우리가 군사를 더 뽑아 싸우면 많은 사람들이 죽게 될 것이오."

"그럼 어떻게 하지요?"

"음식을 달라고 하면 음식을 주고, 가축을 달라고 하면 가축을 나누어 주시오. 싸우지 말고 우리 모두 같이 일하며 함께 살자고 말하시오."

7. 이 책에는 악마들이 많이 등장합니다. 그들은 하나같이 끈질기게 주변 사람들을 괴롭힙니다. 우리 주변에 그런 악마 같은 사람이 있는지 살펴보고 여러분의 생각을 써 보세요.

8. 여러분은 부모나 형제를 위해 어떤 일을 했는지, 자랑할 만한 일이 있으면 글로 써 보세요

9. 톨스토이는 모든 사람이 다 함께 행복하게 살아야 하고 욕심을 부려서는 안 된다고 생각했습니다. 이런 그의 생각이 『바보 이반』에 잘 나타나 있는데, 여러분은 어떻게 보았나요?

"우리 나라에서는 일만 하면 무엇이나 얻을 수 있습니다. 마음껏 가져다 쓰십시오. 우리 나라에는 단 하나의 법만 있을 뿐입니다. 그것은 손에 굳은살이 박이지 않은 사람은 식탁에 앉지 못하고 남이 먹다 남긴 찌꺼기만 먹어야 한다는 것입니다. 그것밖에 아무것도 없습니다. 세금도 없습니다."

10. 이 글을 쓴 톨스토이 할아버지에게 편지를 써 보세요.

풀이

이해 능력 Level Up!

1. 5) 2. 2) 3. 5) 4. 3) 5. 2)
6. 1) 7. 3) 8. 1) 9. 1) 10. 4)
11. 1) 12. 3) 13. 3)

논리 능력 Level Up!

1. 부인의 씀씀이가 너무 헤퍼서 늘 돈이 모자랐다.

2. 상인의 딸과 결혼하여 큰 가게를 물려받은 부자인데도 아버지의 재산을 탐낸 욕심쟁이다.

3. 세미온에게 이웃 나라로 쳐들어가 승리를 거두면 임금으로부터 더 큰 상을 받을 거라고 꾀어 전쟁을 일으키게 한 다음, 대포 화약에 물을 부어 전쟁에서 패하게 했다. 탈라스에게는 이것저것 사 두면 나중에 큰돈이 될 거라고 꾀어, 탈라스는 쓸모없는 것까지 비싸게 마구 사들이는 바람에 돈을 다 써 버리게 되었다.

4. 이반의 아픈 배를 낫게 해 주고 목숨을 구했다.

5. 이반이 귀리를 베지 못하게 하려고.

6. 남의 잘못을 용서하고 사랑을 베푸는 성격이다.

7. 두 형님에게 새 집을 지어 주려고.

8. 허름한 농사꾼의 옷을 입고 나무껍질로 만든 구두를 신고는 예전

과 같이 밭에 나가 일을 했다.

9. 악마가 급히 인도에 가서 세미온의 군대가 쳐들어올 테니 땅속에 폭탄을 묻어 두고, 나무 가지 위에도 폭탄을 설치해 놓으라고 미리 알려 주었기 때문에.

10. 궁궐 앞에 커다란 집을 지어 놓고 무엇이든 마구 사들여, 탈라스가 돈이 있어도 아무것도 살 수 없게 만들었다.

11. 먹을 것이 없어서 우리 나라에 왔다면 정성껏 도와줄 테니 이사를 오라고 했다.

12. 일을 열심히 하여 손에 굳은살이 박여 있는지 알아보려고.

13. 이반이 이겼다.

논술 능력 Level Up!

1. 배워야 할 것은 열심히 일하고 부지런한 점, 형제간에 우애가 깊은 점, 자기를 괴롭히는 악마에게도 하느님의 은혜를 빌어 주는 착한 마음씨, 실패하더라도 끝까지 해내고야 마는 끈기 등입니다. 아쉬운 점은 너무 착하여 욕심 많은 형들에게 늘 빼앗기고 당하기만 한다는 점입니다. 하지만 나중에 두 형들이 이반을 찾아와 용서를 빌고, 또 그런 형들을 너그럽게 받아 준 이반에게서 따뜻한 형제애를 발견할 수 있습니다.

2. 묵묵히 일만 하고 자기의 것을 다 주는 이반이 겉으로 어리석어 보인다고 해서 바보라고 부르는 사람이 진짜 바보 아닐까요? 이

반은 실제로는 악마를 이겨 낼 만큼 현명한 사람입니다. 결국 꾸밈없는 착한 마음씨와 부지런한 태도로 많은 사람들의 존경을 받게 된 이반은 훌륭한 사람입니다.

3. 이반이 호밀 짚 한 다발을 마차에 싣고 궁궐 앞에 도착하자마자 병이 나아 이반과 결혼한 공주는 처음에는 바보 소리를 듣는 남편 때문에 속이 상했지만, 곧 이반을 따라 밭에 나가서 열심히 일을 했으며, 또 사람들이 모두 무시하는 벙어리 시누이 마리나를 잘 이해하고 받든 점이 훌륭합니다.

4. 군인이었던 세미온은 군사를 모아 이웃 나라를 치려 하다가 번번이 패했습니다. 한 번은 동생 이반에게 강제로 군사를 만들어 달라고 해서, 또 한 번은 악마의 꾐에 빠져 전쟁을 일으켰다가 폭삭 망해 버렸지요. 남을 도와주지는 않고 군대를 가지고 사람을 다치게 하거나 무엇을 빼앗으려고만 하다가 크게 망신을 당한 겁니다. 나라면 힘센 병사들에게 나라를 지키는 것은 물론이요, 백성들이 더욱 안심하고 살 수 있도록 도와주게 하겠습니다. 전쟁은 누구에게도 이익이 될 수 없습니다.

5. 굶어 죽는 한이 있어도 일하기를 싫어하는 악마는 이반의 나라 백성들에게 머리로 쉽게 일하는 방법을 가르쳐 주겠다고 떠벌립니다. 하지만 이 세상에 그렇게 쉬운 일이 있을까요? 손으로 직접 하는 일이든, 머리를 써서 하는 일이든 쉬운 일은 이 세상에 절대로 없습니다. 여기서 악마가 말하는 쉽게 일하는 방법은 남의 눈을 속이거나 자기 일을 건성건성 하는 것밖엔 없습니다. 무

은 일이든 힘을 쓰고 머리를 짜내어 해냈을 때 성취감도 느끼고 또 다른 의욕이 생기는 것 아닐까요?

6. 악마의 계획대로 타라칸 군대가 이반의 나라에 쳐들어오자 깜짝 놀란 백성들이 이반 왕에게 달려가 이 사실을 알립니다. 하지만 이반은 타라칸 군사들이 음식을 달라고 하면 음식을 나눠 주고, 가축을 달라고 하면 가축을 주라고 합니다. 그리고 여기서 일하며 함께 살자고 말하라고 합니다. 그래서 이반 왕은 물론 백성들도 전혀 싸우려 하지 않아 싸움이 성립되지 않았습니다. 여기서 '부드러움이 강함을 이긴다.'는 말이 생각나네요. 사람을 다치게 하는 전쟁을 싫어하는 이반은 평화주의자입니다. 나라면, 내가 가진 곡식과 가축 등을 빼앗기지 않으려고 타라칸의 군대와 맞서 싸웠을 것입니다.

7. 이 책에 나오는 늙은 악마와 세 젊은 악마는 정말 지독한 녀석들입니다. 하지만 결국 착하고 지혜로운 이반에게 붙잡혀 혼이 나지요. 우리 주변에도 나를 나쁜 길로 가도록 꾀는 친구가 있을 수 있습니다. 그렇지만 언제나 올바른 생각과 강인한 정신력을 가지고 있으면 두려울 것이 없습니다.

8. 부모님 말씀을 잘 듣고, 어머니가 편찮으실 때 심부름을 잘하며 어머니가 빨리 낫도록 기도를 드린 점이 자랑스럽습니다. 그리고 동생과 다투지 않고 사이좋게 지내며 맛있는 음식을 먹을 때 서로 조금씩 양보한 것을 자랑하고 싶습니다.

9. 이반은 왕이 되기 전에도 부지런히 일하여 얻은 땅과 곡식 등을 형들에게 나누어 주었고, 왕이 되어서도 열심히 일하여 얻은 것을 백성들과 골고루 나누어 먹었습니다. 그래서 이반의 백성들은 더 가지려고 욕심을 내거나 다투는 일이 전혀 없었습니다. 여기서 부모에게 물려받은 유산을 이웃들에게 나누어 주었다는 톨스토이의 모습을 엿볼 수 있습니다. 그리고 자기 나라에 쳐들어온 적들까지 감동시킨 이반의 백성들에게서 톨스토이가 얼마나 평화를 사랑했는지 알 수 있습니다.

10. 톨스토이 할아버지, 안녕하세요?
연두색 나뭇잎이 아름다운 초여름입니다. 저는 할아버지께서 쓰신 『바보 이반』을 읽고 많은 감동을 받았습니다. 그래서 몇 가지 본받고 싶은 점이 생겼습니다.

첫째는, 이반의 깊은 우애를 본받고 싶습니다. 이반은 형들이 와서 재산을 나누어 달라고 하면 아무 대꾸도 없이 얼른 좋다고 했습니다. 저 같으면 빼앗기지 않으려고 끙끙거렸을지 모릅니다.

둘째는, 이반의 부지런한 점을 본받고 싶습니다. 이반은 부모님을 도와 부지런히 농사일을 했습니다. 부지런히 일을 했기 때문에 잘살았고, 나중에는 왕도 되었습니다. 또 왕이 된 다음에도 부지런히 일을 했습니다.

셋째는, 이반의 끈기를 본받고 싶습니다. 이반은 악마가 아무리 괴롭혀도 꿈쩍도 하지 않고 끝까지 자기 일을 했습니다. 그래서 마침내 악마도 물리치고 말았지요. 그 밖에도 욕심을 부리지 않는 점과 앞장서서 힘든 일을 먼저 하는 점을 본받고 싶습니다.

저는 '바보 이반' 이야기를 읽으면서 이반의 모습이 바로 톨스토이 할아버지의 모습이 아닐까 생각했습니다. 톨스토이 할아버지도 이반처럼 부지런하셨고, 집에서 부리던 하인들도 모두 자유롭게 해 주셨잖아요. 할아버지 덕분에 감동 깊은 이야기를 읽게 되어 정말 고맙습니다. 할아버지가 쓰신 또 다른 이야기를 읽고 다시 편지를 드릴 때까지 안녕히 계세요.

햇빛이 눈부신 날에

○○○ 올림

초등권장 도서

세계 명작 시리즈

생텍쥐페리 글 · 그림
아저씨 · 진 웹스터 지음
아에서 천재가 된 딥스 · 액슬린 지음
그리스 로마 신화 · 토머스 불핀치 지음
05 셰익스피어 4대 비극 · 셰익스피어 지음
06 셰익스피어 5대 희극 · 셰익스피어 지음
07 탈무드 · 송년식 엮음
08 노인과 바다 · 헤밍웨이 지음
09 서머힐 · A. S. 니일 지음
10 이상한 나라의 앨리스 · 루이스 캐럴 지음
11 데미안 · 헤르만 헤세 지음
12 파브르 곤충기 · 파브르 지음
13 돈키호테 · 세르반테스 지음
14 엄마 찾아 삼만 리 · 아미치스 지음
15 80일간의 세계 일주 · 쥘 베른 지음
16 수레바퀴 아래서 · 헤르만 헤세 지음
17 소공녀 · 프랜시스 호즈슨 버넷 지음
18 빨간 머리 앤 · 루시 모드 몽고메리 지음
19 톰 아저씨의 오두막집 · 해리엇 비처 스토 지음
20 백경 · 허먼 멜빌 지음
21 부활 · 톨스토이 지음
22 카라마조프 가의 형제들 · 도스토옙스키 지음
23 마지막 잎새 · 오 헨리 지음
24 보물섬 · 로버트 스티븐슨 지음
25 정글북 · 루디야드 키플링 지음
26 제인 에어 · 샬럿 브론테 지음
27 장발장 · 빅토르 위고 지음
28 비밀의 화원 · 프랜시스 호즈슨 버넷 지음
29 15소년 표류기 · 쥘 베른 지음
30 안네의 일기 · 안네 프랑크 지음
31 마지막 수업 · 알퐁스 도데 지음
32 노트르담의 꼽추 · 빅토르 위고 지음
33 홍당무 · 쥘 르나르 지음
34 죄와 벌 · 도스토옙스키 지음
35 사랑의 학교 · E. 데 아미치스 지음
36 주홍 글씨 · 너대니얼 호손 지음
37 동물 농장 · 조지 오웰 지음
38 여자의 일생 · 모파상 지음
39 시턴 동물기 · 어니스트 시턴 지음
40 폭풍의 언덕 · 에밀리 브론테 지음
41 걸리버 여행기 · 조너선 스위프트 지음
42 젊은 베르테르의 슬픔 · 괴테 지음
43 몽테크리스토 백작 · 알렉상드르 뒤마 지음
44 좁은 문 · 앙드레 지드 지음
45 전쟁과 평화 · 톨스토이 지음
46 사람은 무엇으로 사는가 · 톨스토이 지음
47 해저 2만 리 · 쥘 베른 지음
48 로빈슨 크루소 · 대니얼 디포 지음
49 올리버 트위스트 · 찰스 디킨스 지음
50 허클베리 핀의 모험 · 마크 트웨인 지음
51 플루타르크 영웅전 · 플루타르크 지음
52 베니스의 상인 · 셰익스피어 지음
53 작은 아씨들 · 루이자 메이 올컷 지음
54 삼총사 · 알렉상드르 뒤마 지음
55 소공자 · 프랜시스 호즈슨 버넷 지음
56 집 없는 아이 · 엑토르 말로 지음
57 지킬 박사와 하이드 씨 · 로버트 루이스 스티븐슨 지음
58 오페라의 유령 · 가스통 르루 지음
59 천로역정 · 존 버니언 지음
60 폼페이 최후의 날 · 에드워드 조지 불워 리턴 지음
61 피노키오 · 카를로 콜로디 지음
62 플랜더스의 개 · 위다 지음
63 로빈 후드의 모험 · 하워드 파일 지음
64 안데르센 동화 · 안데르센 지음
65 서유기 · 오승은 지음
66 바보 이반 · 톨스토이 지음
67 행복한 왕자 · 오스카 와일드 지음
68 하이디 · 요한나 슈피리 지음
69 호두까기 인형 · E. T. A. 호프만 지음
70 크리스마스 캐럴 · 찰스 디킨스 지음
71 왕자와 거지 · 마크 트웨인 지음
72 오이디푸스왕 · 소포클레스 지음
73 안나 카레니나 · 톨스토이 지음
74 오만과 편견 · 제인 오스틴 지음
75 체호프 단편선 · 체호프 지음
76 피터 팬 · 제임스 매튜 배리 지음